卓越小学生
成才训练营

培养
会调适自我情绪
的 小学生

主编 高长梅 本册主编 刘泓孚

九州出版社 | 全国百佳图书出版单位
JIUZHOUPRESS

图书在版编目（CIP）数据

培养会调适自我情绪的小学生 / 高长梅主编 . – 北京：九州出版社，2010.4（2021.7 重印）

（"读·品·悟"卓越小学生成才训练营）

ISBN 978-7-5108-0400-7

Ⅰ.①培...　Ⅱ.①高...　Ⅲ.①儿童文学—故事—作品集—世界　Ⅳ.① I18

中国版本图书馆 CIP 数据核字（2010）第 054514 号

培养会调适自我情绪的小学生

作　　者	高长梅　主编　刘泓孚　本册主编
出版发行	九州出版社
地　　址	北京市西城区阜外大街甲 35 号（100037）
发行电话	(010)68992190/2/3/5/6
网　　址	www.jiuzhoupress.com
电子信箱	jiuzhou@jiuzhoupress.com
印　　刷	北京一鑫印务有限责任公司
开　　本	720 毫米 × 1000 毫米　16 开
印　　张	12
字　　数	180 千字
版　　次	2010 年 6 月第 1 版
印　　次	2021 年 7 月第 4 次印刷
书　　号	ISBN 978-7-5108-0400-7
定　　价	36.00 元

目录

第 1 辑　走出抱怨的泥沼

抱怨的人在抱怨之后，非但不轻松，心情往往更糟，心里的石头不但没减少，反而增多了。常言说，放下就是快乐。包括放下抱怨，因为它是心里最重的东西，又是最没有价值的东西。

002　宽容比自由更重要 / 郝铁川

004　人生的"雀斑" / 崔鹤同

005　不到一天大 / 薛雅文

006　宽恕是良药 / 矫友田

009　羊羔的说服力 / 罗尔

010　你说什么？我听不到哦 / 天天

012　走出抱怨的泥沼 / 艾米

013　学会忍受 / 李愚

015　宽恕等在桥的另一边 / 田大海

016　一分钱的布 / 刘超平

018　包容是一条五彩路 / 张丽钧

目录

第 2 辑　每天你都有两种选择

每天我们都可以选择享受自己的生命，或是憎恨它。这是唯一一项真正属于我们的权利，没有人能够控制或夺去。

022　笑匠的哭泣 / 冯肯
023　喜马拉雅山的猴子 / 吴淡如
025　照镜子 / 佚名
027　小出租成了大"航母" / 张达明
031　羚羊的快乐 / 周慧
033　让怨恨转个弯 / 陌兰
036　成功先生与失败先生 / 关荣金
038　每天你都有两种选择 / 胡杨
040　讨好自己 / 应颖颖
042　心境的魔力 / 陆勇强
043　堵车的启示
　　　/ （美）阿尔·马丁内斯　李麦/译

第 3 辑　不要被自己击倒

有些人很"慷慨"地将外界给自己的压力，给自己的负面刺激都吸收进去了，所以造成了"消化不良"，积郁成疾，最后身体乃至精神都被打垮了。如果心灵是阳光的，真正身体的疾患也会被这阳光给融化掉的。所以，把那些不愉快，统统从自己脑子里赶出去吧。

048　压力的馈赠 / 流沙
050　把苦难放在远处欣赏 / 柳君
051　活着就像在舞蹈 / 绘丹

目录

053 没人可以偷走你的梦想 / 若莲

055 心境防割 / 毕淑敏

057 不要被自己击倒 / 感动

058 你的心在哪里，你的世界就在哪里 / 刘萍

062 刀磕伤了就是锯 / 王绍斌

064 南瓜究竟能承受多大压力 / 梦蔷

065 一步改变一生 / 佚名

067 在痛苦中感受幸福 / 李轶男

第 **4** 辑　最大的魔鬼是自己

当倾盆大雨让我们成为落汤鸡的时候，我们总会埋怨糟糕的天气，而不会认识到是自己没有带伞才造成了这样的窘境。其实，外界环境的恶劣不是造成我们走入困境的根本原因，那些"风雨"能够影响我们，但不能够决定我们。错不在"深渊"，而在于我们没有及时止步。

070 富翁与修女 / 佚名

071 守护一脸笑容 / 恒久

072 先把泥点晾干 / 王悦

073 名人制怒术 / 薛吉辰

075 10个毛病

　　/（美）蒂姆·赫德森　荣素礼/译

076 可乐杯倒了 / 虞珊

078 妒忌：心灵的地狱 / 杨春晓

080 用牙咬断了17株树 / 佚名

082 最大的魔鬼是自己 / 张世普

084 麦当劳总裁的心理锦囊 / 陈明聪

086 别致的宣泄 / 刘国学

087 别让嫉妒毁了你 / 沈岳明/译

目录

第 **5** 辑　能走多远走多远

　　成功不是轻而易举的，有时候，你觉得自己已经尽了最大的努力了，但离成功还是很远。不管前方的路有多么渺茫，不管以后还有多少未知的坎坷，成功是我们心中的目标，既然已经踏上征程，让我们能走多远就走多远吧！

092　在希望中快乐 / 刘娟

093　转念之间 / 流沙

094　要想到自己的翅膀 / 曾昭安

096　你努力了吗 / 崔鹤同

097　长长的夜路 / 李维明

098　能走多远走多远 / 南北

099　与疾病较量 / 蒋平

101　悲观者与厨师 / 佚名

103　没有伞，就跑 / 杨海亮

第 **6** 辑　移不走石头就远离它

　　愚公意志坚韧固然不"愚"，智叟只会取笑当然不"智"；而农夫远离巨石重新安家，同样是一种明智之举。与其在一些短期内无法解决的难题上花费太多的时间和精力，不如绕开困难，换种思路。这种尝试，有时反而会收到奇效。

106　总会有人对你微笑 / 包利民

109　我丑，我重塑 / 家玲

112　林肯的"马蝇术" / 佚名

113　苹果被冰雹砸伤之后 / 佚名

115　失败者也能成为偶像 / 马国福

117　在困境中找出希望 / 黄阔登

119　不带着怒气作战 / 佚名

120　发火的习惯 / 佚名

121　发怒是一种内心的脆弱 / 李剑红

123　打不过就跑 / 泉涌

124　移不走石头就远离它 / 绘丹

126　弱者的等待 / 佚名

第 7 辑　快乐是由什么决定的

　　他们遭遇的情况其实是完全一样的，但一个伤心至极，一个开心至极。其实，在很多情况下，面临什么样的事情并不重要，重要的是我们如何去感受所面临的事情。

　　而快乐与否，恰恰是由你的感受所决定的。

130　错误的恐慌 / 苏桔青

131　疼痛是个好消息 / 罗西

132　拔掉那颗蛀牙 / 秦素衣

135　鲍威尔的快乐 / 赵晶

136　快乐即成功 / 黄飞

138　快乐的木匠 / 王悦/编译

140　快事 / 佚名

142　站在烦恼里仰望幸福 / 马德

144　收集阳光 / 苏小蝉

145　快乐是最好的药 / 罗西

147　降低快乐的标准 / 流沙

149　什么都快乐 / 三毛

152　快乐是由什么决定的 / 尹玉生

第 **8** 辑　先有自信才有奇迹

假使我们去研究、分析一些有成就的人的奋斗史，我们可以看到，他们在起步时，一定是先有一个充分信任自己能力的坚强自信心。他们的心情意志坚定到任何困难艰险都不足以使他们怀疑、恐惧的程度。这样，他们就能所向无敌了。

奇迹诞生于自信。

156　做一只自信的小老鼠／郭俊明

158　忘掉你的龅牙／流沙

159　缺陷的优势／包利民

161　我就是一块银矿石／子平

163　罗纳尔多的龅牙／阿翔

165　我很重要／毕淑敏

167　最优秀的人是你自己／纪广洋

169　自信的人更容易成功／刘萍

172　老狗斗老虎／林芝

173　拉自己一把／李瑞芳

175　先有自信才有奇迹／（美）奥里森·马登

177　自信是一朵花／潘向黎

第 **1** 辑

走出抱怨的泥沼

抱怨的人在抱怨之后，非但不轻松，心情往往更糟，心里的石头不但没减少，反而增多了。常言说，放下就是快乐。包括放下抱怨，因为它是心里最重的东西，又是最没有价值的东西。

宽容比自由更重要 ◎郝铁川

宽容比自由更重要！这宽容来源于对每个人权利的尊重。

1874年11月30日的夜晚，伦敦的布伦海姆宫灯火辉煌，一群贵族男女在这里翩翩起舞。突然，一位活泼、美丽的贵族夫人连声叫喊肚子痛，人们赶紧把她扶到就近的一个临时女更衣室。温斯顿·丘吉尔——一个早产儿，就这样非同寻常地来到人间。

丘吉尔是英国显赫的贵族公爵马尔巴罗家族的后代。英国除了王室以外，公爵家庭总共不超过20个，马尔巴罗家族按封爵次序名列第十位。丘吉尔的母亲詹妮是美国百万富翁杰罗姆的女儿，1873年与丘吉尔的父亲伦道夫结婚，1895年1月24日伦道夫因病医治无效，溘然去世，终年46岁。这时的詹妮虽已40多岁，但依然美艳惊人，风姿绰约。不久，她便萌生了嫁给一个25岁男人的想法。然而消息一经传出，立刻遭到众多亲友的反对。就在詹妮几乎要放弃了的时候，詹妮25岁的儿子、与母亲要嫁之人同岁的丘吉尔，坚决地握住她的双手："亲爱的母亲，就算全世界都反对您，我也会勇敢地站在您这边，所以，请您也一定要勇敢。"儿子坚毅、鼓励的目光，让詹妮义无反顾地披上了洁白的婚纱。但这桩婚姻并没有维持多久。10多年过去了，詹妮的儿子丘吉尔已经凭借卓越的才能跻身政坛。60岁的詹妮也要再次迎来婚礼。这次的决定同样遭到众人强烈的反对,尤其是儿子的那些反对派们。詹妮犹豫了。这次与上次不同,丘吉尔打小就怀有雄心壮志,并且具备实现远大理想的能力。她不想因为自己贻误儿子的前程。然而,令她意想不到的是,儿子再一次握住了她的手:如果让我在我的仕途与您的幸福之间作选择,我情愿选择后者。请您不要再有任何顾虑。母亲幸福,我才幸福。詹妮又一次无比快乐地迈入了婚姻的殿堂。婚礼上,儿子依然像上次一样,坚强地站在她的身边,而另一边则是比儿子还要年轻的 36 岁的新郎。能够两次接受母亲的婚姻,也许很多人都做得到。而面对巨大的压力,丘吉尔两次接受和自己年龄差不多的人作自己的继父,这需要多么豁达的胸怀。

1908 年 8 月 15 日,伦敦报纸登载了一条引人注目的消息:33 岁的内阁贸易大臣温斯顿·丘吉尔先生与 23 岁的克莱门蒂娜·霍齐娅小姐订婚。举行婚礼的这一天热闹非凡,宾朋满堂,欢歌笑语。证婚人是财政大臣劳合·乔治,而他选择的男傧相却是他在下院的一个坚决反对者——休塞西尔勋爵。当时丘吉尔推行一系列争取工人拥护的社会改革,包括休塞西尔勋爵在内的贵族集团坚决反对这些改革。这反映了英国政治生活中一个很有意思的特点:人们可以在下院和政治集会上相互咒骂,如同仇敌,但在个人生活中却能成为亲朋好友,相敬无间。在政治生活中虽然是公敌,却不妨碍他们在私人生活中称兄道弟。恩格斯《在马克思墓前的讲话》中也这样说过:"马克思是当代最遭嫉恨和最受污蔑的人。……而我敢大胆地说:他可能有过许多敌人,但未必有一个私敌。"西方近代的这种文化现象是多么的耐人寻味。

宽容比自由更重要!这宽容来源于对每个人权利的尊重:我虽然不赞成你的观点,但我坚决捍卫你发表观点的权利;我虽然不支持你的行动,但我坚决维护你合法行动的自由!

　　每个人看待同一个事物的态度、角度都不会相同，即便是一样的结果对不同的人也会产生不一样的影响。站在自己的立场上，可能很多人与我们意见不合。但是每个人都有选择的权利，尽管我们不支持，但是我们起码要尊重并且宽容别人的抉择。

周晓林

人生的"雀斑"　　◎崔鹤同

　　须知，只有丰富多彩的生活，没有完美无缺的人生。

　　有一个女孩因脸上长着雀斑而懊恼不已。

　　一次，她看到报上登载有某医院可以根治雀斑的广告，便去医院求治。到了医院后，她发现求治雀斑的女孩已等候了一大片。医生当众告知此类手术的苦痛，吓得这个女孩迟迟不敢进手术室。终于，有两个人进去了……当她发现手术室里的这两个女孩脸色苍白、手脚发抖时，她终于醒悟：代价如此之大，何不接受这些雀斑呢？

　　当她终于悟出这个道理之后，她拥有了一份自信和洒脱。这个女孩就是后来在日本家喻户晓的影星山口百惠。山口百惠的这份潇洒比之美丽的容貌更坦然，更从容，也更具有内涵。

　　其实，在我们的一生之中，总会有一些不尽如人意之处，有些甚至是无法改变和逆转的。对于这些,我们明知摆脱不掉,倘若依然耿耿于怀,就会愈加痛苦不堪。

须知,只有丰富多彩的生活,没有完美无缺的人生。除了雀斑,你还有明眸皓齿,你还有如花笑靥,如瀑秀发。

以宽容之心,回归本位看自己,以豁达之心,微笑面对发生的一切,你便会与欢乐相伴,与幸福相随。

 情绪悟语

　　山口百惠用她洒脱的自信微笑面对容貌的小小不足。当我们面对生命中的不如意时,何不像她一样坦然和从容。宽容和豁达会让我们笑得更美,生活变得更幸福。

周晓林

不到一天大　薛雅文

你永远看不到一个面带焦虑的因纽特人。因为他们学会了每次只面对一天。

"今天是你余生的第一天。"在维尔玛·丹尼尔的书《欢庆快乐》中,她给了这句耳熟能详的话一个全新的解释。她曾经采访过一个去阿拉斯加拜访因纽特人的人,那人的话使每个人都有所领悟。

"永远不要问因纽特人他多大了。如果你问,他会说:'我不知道,我也不在乎。'他们中的一个人就是这样对我说的。

"当我第二次问他的时候,他说:'不到,就这样了。'这对我来说还不够。于是我问他不到多少,然后他说:'不到一天。'

"因纽特人相信到晚上入睡时,他们就死了,对世界来说是死了。

"然后当他们在清晨醒来时,他们重新复活,获得新生。因此,没有哪个因纽特人能活过一天。这就是因纽特人说他不到一天大的意思。"

"北极圈里的生活是极其残酷的,起码的生存成了主要的奋斗目标,"他解释,"但是,你永远看不到一个面带焦虑的因纽特人。因为他们学会了每次只面对一天。"

寒冷的北极造就了因纽特人坚强的性格,他们每天都在与生存作斗争,他们将每天都视作重生,都以积极、乐观的态度去面对残酷恶劣的生存环境。风雪不算什么,只要我们积极地去拥抱阳光,坚冰也会被融化的。如果生命只有一天,谁不会去珍惜?谁不会以火一般的热情去面对呢?

周晓林

宽恕是良药　⊙矫友田

常抱宽恕的心,你就不再是受害者,而是能够面对逆境的强者!

那一次,他与一个非常要好的朋友,合伙做一桩生意。事前,他俩约定好了,每人投资一半,待收益之后,便对半分成。

然而,那个朋友竟然瞒着他,将他投入的资金转入另一桩生意。

因此,他俩合伙做的那一桩生意,他只得到很少一点收益。一个偶然的原因,使他知道了事情的真相。他气愤地将全部资金收回,并且与那个欺骗他的朋友彻底绝交。

这件事情,给他的心理带来不小的打击。曾经那么要好的朋友,居然会做出如此卑劣的行径,他怨恨那个朋友不仁不义。在跟别人聊天的时候,他经常会提起那个朋友的名字,并咒骂上一番。

后来,他再跟别人合作的时候,总是用一种戒备的心态来提防别人。渐渐地,他感觉自己身边没有一个可以交心的朋友了。

因此,他的内心感到非常孤寂,而且一想到要与别人合作时,他就会感到身体不适。他会突然出现心悸、头痛的症状,有时候竟像流行感冒一样纠缠着他。

他也感觉到了自己精神出现的异常。于是,他去拜访了一位经验丰富的心理医生。他把自己的经历以及症状一五一十地告诉了那位心理医生。

心理医生问他:"你现在还在怨恨对方是吗?"

他毫不隐瞒地说:"是的,我从来没有意料到那么要好的朋友会欺骗我。"

此时,医生微笑着点了点头。然后,给他讲了一个故事:有一个猎人捕捉到两只非常漂亮的鸟,并将它们关在两个不同的笼子里,希望能够卖得一个好价钱。

一只鸟,非常憎恨可恶的猎人。因为是他设下的圈套,才让它从此失去了自由。每时每刻,它都在用仇恨的目光盯着猎人。尽管猎人用新鲜的谷粒掺着蛋黄喂它,但是它不肯吃一丁点东西。几天之后,这只漂亮的鸟便饿死了。

另一只鸟,刚开始也非常憎恨猎人。但后来,它发觉猎人没有要立即杀死它的恶意,便不再抱着怨恨,而是思考着如何飞出鸟笼,重新获得自由。猎人拿着食物喂它的时候,它也不再拒绝,而是努力地蓄积力量。

不久,一个人从猎人手中将剩下的这只漂亮的鸟买去放生。因而,它重新获得了自由。

故事讲到这里的时候,那位心理医生对他说:"如果你像第一只鸟那样,一味地怨恨下去,就永远摆脱不了烦恼的笼子。你应该学会宽恕,任由怨恨滋长,等于把毒素往自己体内注射。"

听了这番话,他若有所悟地点了点头。

每一个人都应该学会宽恕。宽恕并非否认自己生气,也不是假装自己没有受过伤害。宽恕不等于和解——原谅一个伤害过你的朋友或同事,不一定要重修旧好。

原谅别人一次,就是一个好的开始。常抱宽恕的心,你就不再是受害者,而是能够面对逆境的强者!

情绪悟语

人生的道路不可能一直很平坦,总会碰到一些人或者一些事让我们不顺心,关键是我们应保有一颗宽容的心。原谅别人对你的伤害,不管是刻意还是无心的,你的生活依旧会很美好。让自己深陷于怨恨中,绝不是明智的表现。

周晓林

羊羔的说服力 ◎罗 尔

> 要说服一个人,最好的办法是为他着想,让他也能从中受益。

一个牧场主养了很多羊。

他的邻居是个猎户,院子里养了一群凶猛的猎狗。这些猎狗经常跳过栅栏,袭击牧场里的小羊羔。牧场主几次请猎户把猎狗关好,但猎户不以为然,口头上答应,可没过几天,他家的猎狗又跳进牧场横冲直撞,咬伤了好几只小羊。

忍无可忍的牧场主去找镇上的法官评理。

听了他的控诉,明理的法官说:"我可以处罚那个猎户,也可以发布法令让他把狗锁起来。但这样一来你就失去了一个朋友,多了一个敌人。你是愿意和敌人做邻居呢,还是和朋友做邻居?"

"当然是和朋友做邻居。"牧场主说。

"那好,我给你出个主意,按我说的去做。不但可以保证你的羊群不再受骚扰,还会为你赢得一个友好的邻居。"法官如此这般交代一番。牧场主连连称是。

一回到家,牧场主就按法官说的挑选了 3 只最可爱的小羊羔,送给猎户的 3 个儿子。

看到洁白温顺的小羊,猎户的儿子们如获至宝,每天放学都要在院子里和小羊羔玩耍嬉戏。因为怕猎狗伤害到儿子们的小羊,猎户做了个大铁笼,把狗结结实实地锁了起来。如此一来,牧场主的羊群再也没有受到骚扰。

为了答谢牧场主的好意,猎户开始送各种野味给他,牧场主也不时用羊肉和奶酪回赠猎户。渐渐地两人成了好朋友。

要说服一个人,最好的办法是为他着想,让他也能从中受益。

 情绪悟语

枯燥而强势的命令不能使问题得到圆满的解决,用这样的方式来让他人顺从你的意志,难免有些强人所难。相反,如果你的行为使你身边的人也受益,他们自然会友善地回报你,甚至你们之间可能成为难得的朋友。因此,有利他人的行为语言才是最有利的说服。

周晓林

你说什么? 我听不到哦 ▶天 天

> 她告诫自己,愤怒、怨憎、忌妒与自虐都是毫无意义的。

这句经典之语出自美国最高法院大法官露丝·贝德,她选择自己男友的标准也很独到:"他是我所有交往过的唯一在乎我智慧的男人。"

恋爱4年结婚,婚礼当天早上,露丝在楼上做最后的准备,男友的母亲走上楼来,把一样东西放到露丝手里,然后看着露丝,用从未有过的认真对露丝说:

"我现在要给一个你今后一定用得着的忠告,那就是你必须记住,每一段美好的婚姻里,都有些话语值得充耳不闻。"

男友的母亲在露丝的手心里放下一对软胶质的耳塞。

这让沉浸在一片美好祝福声中的露丝十分困惑,更不明白在这个时候,塞一对耳塞到她手里究竟是什么意思,但没过多久,她与丈夫第一次发生争执时便一下明白了老人的苦心。

"她的用意很简单,她是用她一生的经历与经验告诉我,人在生气或冲动的时候,难免会说出一些未经考虑的话,而此时,最佳的应对之道就是充耳不闻,权当没有听到,而不要同样愤然回嘴反击。"露丝说。

但对露丝而言,这句话产生的影响绝非仅限于婚姻。

作为妻子,在家里她用这个方法化解丈夫尖锐的指责,修护自己的爱情生活。作为职业人,在公司她用这个方法淡化同事过激的抱怨,优化自己的工作环境。她告诫自己,愤怒、怨憎、忌妒与自虐都是毫无意义的,它只会掏空一个人的美丽,尤其是一个女人的美丽。每一个人都有可能在某个时候说一些伤人或未经考虑的话,此时,最佳的应对之道就是暂时关闭自己的耳朵——

宝贝儿,你说什么? 我听不到哦……

情绪悟语

　　有些话,根本不值得我们去计较,但是我们又总是管不住自己的心。最明智的做法,就是适时地"封闭"自己的耳朵,把那些伤害我们的话语挡在外面。忽略掉那些无端的指责、嘲弄、忌妒的话,把它们当做尘埃一样扫出内心,我们才能够平静而快乐地面对生活。

周晓林

走出抱怨的泥沼　　❥艾 米

> 放下抱怨,因为它是心里最重的东西,又是最无价值的东西。

艾森豪威尔年轻的时候,一次晚饭后跟家人一起玩纸牌游戏,连续几次都抓了很坏的牌,他开始不高兴地抱怨。妈妈停了下来,正色对他说:"如果你要玩,就必须把你手中的牌玩下去,不管牌怎么样!"

他一愣,又听见母亲说:"人生也是如此,发牌的是上帝,不管怎样的牌你都必须拿着,你能做的就是尽你全力,求得最好的结果。"

很多年过去了,艾森豪威尔一直牢记着母亲的这句话,对生活从未再存在任何抱怨。相反,他总是以积极乐观的态度去迎接命运的每一次挑战,尽己所能地做好每一件事,从一个默默无闻的平民家庭走出,一步一步地成为中校、盟军统帅,最终成为美国历史上第34任总统。

艾森豪威尔逝世后,约翰逊在给他的哀悼词中称赞他"勇敢和正直",他的这种勇敢和无所畏惧的性情正是承袭了母亲当年的教诲:人生如打牌,既然发牌权不在你手里,那么,你能做的只有把你手里的牌打下去,并努力打好,除此以外,你没有任何选择!

抱怨的人在抱怨之后,非但不轻松,心情往往更糟,心里的石头不但没减少,反而增多了。常言说,放下就是快乐。包括放下抱怨,因为它是心里最重的东西，又是最无价值的东西。

情绪悟语

上天赋予了每个人不同的才能，但没有人仅仅因为这些天赋而轻易获得成功。成功总是光临那些勤奋、执著的人，因为他们都欣然接受了上天所赐予的，以乐观的态度最大限度地去利用自己的天赋，并开发自己的潜能。

周晓林

学会忍受 ◇李 愚

"这个世界是大家组成的，人活在这个世界上，除了要学会互相热爱之外，还必须学会互相忍受。"

一个大男孩，任性而且很爱发脾气。

一天，一位哲人来到大男孩家。大男孩问哲人："怎样才能控制情绪？"哲人笑了笑，说："如果你实在控制不住，就拿刀在自家院子里的树上砍上一刀。"

大男孩照哲人的话做了。第一天，树上有好几处很深的刀痕；第二天，树上仍有刀痕，不过好像比第一天浅了点；第三天，第四天，树上的刀痕渐渐少了……一个星期过后，大男孩看着树上这许许多多、或深或浅的刀痕，刀再也挥不下去了。

哲人再次来到大男孩家，对他说："其实，树和人一样，你的每一次不能自控，都会给人造成伤害和痛苦。只是树的伤口在表面，而人的伤口在心里。"哲人最后告诉大男孩："这个世界是大家组成的，人活在这个世界上，除了要学会互相热爱之外，还必须学会互相忍受。"

有位太太总是不断指责对面的太太很懒惰："那个女人的衣服，永远洗不干净，看，她晾在院子里的衣服，总是有斑点，我真的不知道，她怎么连洗衣服都洗成那个样子……"

直到有一天，有位明察秋毫的朋友到她家作客，才发现根本不是对面的太太衣服洗不干净，而是另有原因。细心的朋友拿了一块抹布，把这位太太家窗户上的灰渍抹掉，然后说："看，这不就干净了吗？"那位太太这才恍然大悟：原来不是人家的衣服没洗干净，而是自家的窗户脏了。看到外面的问题，总比看到自己内在的问题要容易得多；而把错怪给别人，也比检讨自己来得容易；于是，有些愤世嫉俗的人大都从年轻愤怒到老。

我讨厌过别人，后来我知道也有人讨厌我；我讥讽过别人俗，后来我知道别人并不以为我高雅。后来的后来，我总算明白了，很多事情总是出乎自己的意料，我终于懂得了什么叫体谅。生活在同一环境、同一空间，大家都各有各的生活方式，各有各的优缺点，当两个人不能完全融合时，请你我多多体谅！

在古老的西藏，有一个名叫艾地巴的人，每次生气和人起争执的时候，就以很快的速度跑回家去，绕着自己的房子和土地跑三圈，然后坐在田地边喘气。

"年轻时，我边跑边想，我的房子这么小，土地这么少，我哪有时间、哪有资格去跟人家生气……一想到这里，气就消了。现在，我边跑边想，我的房子这么大、土地这么多，我又何必跟人计较！"

我们不妨学学这位老伯，在生气的时候跑三圈，跑完三圈后，也许你就会明白其中的道理。

发脾气带来的伤痕会留在别人那里,也会留在自己心里。没有一个人能够真正理解别人,很多时候我们的理解未必就是事情的真相。因为无论在何时,我们都有可能成为那只井里之蛙,只看到井口大的天地。所以,遇到矛盾想发脾气时,才更要以自己宽容的心去体谅别人。 周晓林

宽恕等在桥的另一边 田大海

宽恕是一座让我们远离痛苦、心碎、绝望、愤怒和伤害的桥。

海明威在他的短篇故事《世界之都》里,描写了一对住在西班牙的父子。这对父子本来关系很好,可是经过一连串的事情后,他们的关系变得异常紧张。男孩选择离家出走。父亲心急如焚地寻找他。

找了很久也找不到,于是父亲在马德里的报纸上刊登了寻人启事。儿子叫帕科,在西班牙是个很普通的名字。寻人启事上写着:"亲爱的帕科,爸爸明天会在马德里日报社门前等你。一切既往不咎。我爱你。"

海明威接着给读者展示了一幅惊人的景象。隔天中午,报社门口来了八百多个等待宽恕的"帕科"们。

世上有无数人在等待别人的宽恕,宽恕的受益人不只是被宽恕者,还有和他们一样多的人可以得到好处——就是那些宽恕他们的

人。宽恕是一座让我们远离痛苦、心碎、绝望、愤怒和伤害的桥。在桥的那一端,平静、喜悦、祥和正等着迎接我们。

情绪悟语

　　也许我们曾经在不经意间做过很多伤害别人的事,而那些人里有些人已经原谅了你,有些人不再与你接触,但彼此心里一定都不好受。那些原谅你的人一定是个宽容豁达的人,而另一些则相反。你心里有愧疚,他(她)心里有怨恨,为什么不在这个时候,大家都跨出一步,将一切化解,让心里盛放的都是美好呢?

▶周晓林

一分钱的布　❯刘超平

　　心平气和地待人处事,一定会因此而省去很多不必要的烦恼。

　　林肯在年轻的时候,是一个性情暴躁、脾气很大而且没有自制力的人,他曾经与人决斗差点丢掉性命。但是,他终于有一天认识到,要成功就必须克制自己。于是他开始练习自制,终于成为一个具有忍耐力的人。他曾经这样说:"从我养成这个自制的习惯以后,自己真不知获得了多大的利益!"

　　从前,有一个以忍耐著称的店主。有人想试验他的忍耐力究竟是否属实,便故意到他的店里去找茬。那人走进店铺说想买一种布,但又不说出那种布的名字,于是要店主把各种布匹都拿过来让他一一过目。

店主照办了，而且显得很有耐心。那个人挑来挑去，后来似乎看中了一匹布，便说："这种布就是我想要的，你给我剪一分钱的吧。"

"一分钱的布"到底有多大？这样的生意谁会愿意做？但店主既不惊讶，也不抱怨，而是按照那个人的吩咐立刻剪下一小段布，约摸价值超过一分钱，又命令伙计给他包扎得端端正正，然后很客气地交给他。

店主的忍耐让那位试验他的顾客佩服得五体投地，他觉得简直不可思议。当他把自己的经历告诉熟悉的人后，一传十、十传百，店主的名声不胫而走，顾客纷至沓来，络绎不绝，小店的生意变得越来越红火了。

现在，如果换成你是店主，你能有这样的忍耐力吗？你会一点儿也不急躁，在脸上或心里对这位半开玩笑的顾客一点儿也不抱怨吗？

人们如果能够有效约束自己、克制自己，使自己心平气和地待人处事，一定会因此而省去很多不必要的烦恼。俗话说"病从口入，祸从口出"，假如少开口、少和他人计较，那该是多么舒适、坦然呀！

情绪悟语

世界上有很多不公平的事情，也有很多我们难以理解的东西，还有很多和我们想法不一样的人，我们不必去计较一时的得失，这样只会让我们损失更多。如果能够克制和约束住自己的情绪，以良好的心态去面对，问题往往就会迎刃而解，我们也会得到意想不到的回报的。

——李俊

包容是一条五彩路 ◎ 张丽钧

当他们满怀信任将孩子再度送进自己的母校时，总忘不了牵着孩子的手，带他们来走这条五彩路。

一个小学校长在他的校园里巡视。当他走到教学楼后面一条正在铺筑水泥的小路前时，他发现还没有完全凝固的水泥面上有两只玻璃球。他绕过去，尽量靠近那两只玻璃球。他想，一定是孩子们在课间玩耍时一不留神儿把玻璃球弹到了这里，如果现在不赶紧把它们抠出来，等水泥完全凝固了，那玻璃球就成了永远的镶嵌物。他弯下腰，准备伸手去抠玻璃球。突然，有两个男孩吃吃地笑着，手拉手从他身边飞快跑过，跑出几十米后，又警觉地回过头来，似乎是担心会遭到校长的批评。校长愣了一下，猛地意识到了什么，他摆摆手，示意那两个男孩过来。

男孩们吐着舌头不情愿地走过来，手紧紧捂往口袋。校长微笑着对他们说：你们能不能借给我一样东西？两人齐声问：什么东西？校长说：你们口袋里的东西——玻璃球。两个男孩惊讶万分，低着头，不敢迎视校长的目光。口袋里一阵脆响之后，十多只玻璃球交到了校长手里。

校长俯下身子，像个淘气的孩子，把玻璃球一只一只按到了水泥路面上。两个男孩连忙向校长认错，承认先前那两只玻璃球是他俩按进去的，并表决心说"再也不敢了"，校长听了爽声大笑起来。他说："为什么要认错呢？我表扬你们两个还来不及呢！你们看，水泥路面原本多么灰暗、多么单调，但是，镶上了几个玻璃球就显得精神、漂亮、有趣多了。告诉你们的同学，让大家把玩过的玻璃球、小贝壳、彩石子全都拿来，砌出你们自己喜欢的图案——心形、圆形、三角形，什么图形都可以，咱们要把这条路铺成一条五彩路！"……

　　多少年过去了，当年的孩子又有了孩子。当他们满怀信任将孩子再度送进自己的母校时，总忘不了牵着孩子的手，带他们来走这条五彩路。少年花样的梦想融入那美丽自由的图案，被一条缎带般的甬路阐释得具体、透辟。不再年少的心澎湃着、激荡着，在分享不尽的一份包容与睿智面前，再一次领受了生活的美好，再一次汲取了奋进的力量。

情绪悟语

　　每个人都不是完美的，生活中难免会碰到别人不经意犯的小错误，或是刻意为之的玩笑，如果我们的第一反应不是责备，而是用包容的心去平静对待，在已成定局的事情上去多加思考，也许原本看起来有瑕疵的事情和被破坏的心境也会随之而变得五彩缤纷起来。

▶ 周晓林

常言说，放下就是快乐。包括
放下抱怨，因为它是心里最重的东
西，又是最无价值的东西。

第 *2* 辑

每天你都有两种选择

　　每天我们都可以选择享受自己的生命，或是憎恨它。这是唯一一项真正属于我们的权利，没有人能够控制或夺去。

笑匠的哭泣　◉冯　肯

我只想学习现实中的比利,化哀愁为力量,好好爱着身边人。

　　说错话令人难过,说错话而没机会说句对不起叫人更难受,而更残酷的是,对方是你最亲的人。作家比利写的《七百个星期天》中就有一件影响了他一生的憾事。

　　那年夏天,比利的爸爸诸事不顺,一天晚上突然毛躁起来,大骂儿子读书懒散。比利破口而出:"你懂个屁!"爸爸既惊又怒,比利又怕又悔。父亲盛怒无言,良久,携母亲外出打保龄球。比利想道歉,又说不出口,心想:算了吧,回来再道歉吧。

　　天不从人愿。深夜,妈妈回来了,可是笑声不再,哭声却愈逼愈近。爸爸没有回家,以后也没有,因为爸爸在球道上心脏病猝发离开了人世。

　　警员把遗物送回,包括棒球帽、结婚戒指、手表和钱包。比利第一次打开爸爸的钱包,"里面只有他的驾驶执照和我们的相片,那是一个深棕色的皮夹子,四角已磨损,却俨如一本圣典。我从未看过这些照片。哥哥、祖儿、里普与我不同时代的照片,爸爸都给细心收集起来。最后一张,是妈妈年轻、美丽的单人照,大概摄于他们邂逅的年代。我把钱包合上,陷入了良久的无声哭泣中。"

　　那年,比利15岁。

比利说，粗略计算，他与爸爸相处的短短 15 年，加起来，约摸就等于有 700 个星期天的时光，这是就书名《七百个星期天》的由来。

薄薄的小书，其实笑料极多，有些读来笑得肚子痛，而更多的是一些心得逸事，但唯独几段描写他与父亲相处的时光，令我对这位偶像更添了解。原来一张笑脸早被洗练，笑中有泪，大概伟大笑匠的背后，都有这么风霜一页。

比利也喜欢演戏，他对自己的黑暗面异常警觉，甚至看书必先看结局。我们的黑暗面恐怕不比比利少，我只想学习现实中的比利，化哀愁为力量，好好爱着身边人。

情绪悟语

一位以喜剧面孔出现的作家，背后却有着难以弥补的遗憾和不为人知的辛酸。他用自己的经历告诉我们：即使心中有浸满泪水的悲伤和遗憾，我们也不要把它带到未来的生活中去。铭记悲伤和遗憾，不是为了让我们伤感，而是为了让我们去笑对人生，为了让今后的日子不再重演遗憾。

——李俊

喜马拉雅山的猴子 ◎吴淡如

他们越想告诉自己不要想起那些猴子，就越是想起那些事不关己的猴子。

从前，在喜马拉雅山脚下的小小村落里，来了一位仙风道骨的老人。他向全村村民宣布，他会一种可以点石成金的法术，不过，天下没有白吃的午餐，想要学这套法术的人得先把家中最值钱的东西拿出来当学费才行。

村里的人实在穷怕了,人人都想发财想得发疯。大家商讨了一下:既然可以学会点石成金术,那么,先牺牲学费有什么关系呢(当然,他们的逻辑头脑没你聪明,不会如是想:如果老人真能点石成金,还收学费做什么)?

于是他们虔诚地交了学费,集合起来听老人教授这神奇的法术。只听老人叽里咕噜念了一大串咒语,然后就把盖在木桶下的石块变成了闪亮的金子。

"快教我们吧。"每个人的喉咙深处都发出饥渴的声音。

老人不厌其烦地将咒语教给村人,当村子里最笨的人也能背诵咒语之后,他很满意地告诉他们:"你们等明天日出的时候就可以开始用点金术了。我保证各位都可以把没用的石块变成黄灿灿的黄金,不过,你们千万记住——念咒语的时候,你们的脑子里千万不要想起喜马拉雅山的猴子。"

"绝对不会!"村人异口同声地回答。黄金跟喜马拉雅山的猴子有什么关系呢?老人真是无聊,他们哪会想起喜马拉雅山的猴子?

可是……

一千年过去了,听人说,如果你现在到这个村庄,你还会看到不少人把石头盖在木桶下喃喃自语,"努力"地不要想起喜马拉雅山的猴子。

他们始终没有"念"出黄金来,但也没有人能怪老人说谎,因为每个人都得承认,他们越想告诉自己不要想起那些猴子,就越是想起那些事不关己的猴子。

我们的头脑中,也常常有这些幻想的猴子。

小心!别让任何人包括自己在你的脑袋里养了个喜马拉雅山的猴子!

情绪悟语

　　"喜马拉雅山的猴子"其实是每个人脑子里的那个魔咒。我们越是想摆脱一些东西，那些东西反倒越在脑子里纠缠，挥之不去。就像有人快要成功的时候，总是想到失败的后果，结果造成心理影响，功亏一篑。与其这样，不如坦然地去面对，不刻意去摆脱那只"猴子"。专心地做自己的事情，不去理睬它，那只"猴子"也许就会因为寂寞无聊自己跑掉了。

李俊

照 镜 子　◎佚 名

> 　　他说，他感谢罗伯特先生，是他让我找回了自己，进而很快找到工作。

　　在美国从事个性分析的专家罗伯特·菲利浦，有一次在办公室接待了一个因自己开办的企业倒闭而负债累累、离开妻女到处流浪的流浪者。那人进门打招呼说："我来这儿，是想见见这本书的作者。"说着，他从口袋中拿出一本名为《自信心》的书，那是罗伯特许多年前写的。流浪者继续说："一定是命运之神在昨天下午把这本书放入我的口袋中的，因为我当时决定跳到密西根湖，了此残生。我已经看破一切，对一切已经绝望，所有的人（包括上帝在内）都抛弃了我。但还好，我看到了这本书，使我产生新的看法，为我带来了勇气及希望，并支持我度过昨天晚上。我相信只要我能见到这本书的作者，他一定能帮助我再度站起来。现在，我来了，我想知道你能帮我这样的人做些什么。"

罗伯特从头到脚打量流浪者,他茫然的眼神、沮丧的皱纹、十来天未刮的胡须以及紧张的神态,充分显示他已经无可救药了,但罗伯特不忍心对他这样说。因此,请他坐下来,要他把他的故事完完整整地说出来。

听完流浪汉的故事,罗伯特想了想,说:"虽然我没有办法帮助你,但如果你愿意的话,我可以介绍你去见本大楼里的一个人,他可以帮你赚回你所损失的钱,并且协助你东山再起。"罗伯特刚说完,流浪者立刻跳了起来,抓住罗伯特的手,说道:"看在老天爷的份儿上,请带我去见这个人。"

这个流浪者会做此要求,说明他心中仍然存在着一丝希望。所以,罗伯特拉着他的手,引导他来到从事个性分析的心理试验室里,和他一起站在一块看来像是挂在门口的窗帘布之前。罗伯特把窗帘布拉开,露出一面高大的镜子,他可以从镜子里看到他的全身。罗伯特指着镜子说:"就是这个人。在这世界上,只有这个人能够使你东山再起。除非你坐下来,彻底认识这个人,并且当做你从未认识过他,否则,你只能跳密西根湖去,因为在你对这个人作充分的认识之前,对于你自己或这个世界来说,你都将是一个没有任何价值的人。"

流浪者朝着镜子走了几步,用手摸摸他长满胡须的脸孔,对着镜子里的人从头到脚打量了几分钟,然后又后退了几步,低下头,开始哭泣起来。一会儿后,罗伯特领他走出电梯间,送他离去。

几天后,罗伯特在街上碰到了这个人,而他不再是一个流浪者形象,而是西装革履,步伐轻快有力,头抬得高高的,原来那种衰老、不安、紧张的姿态已经消失不见。他说,他感谢罗伯特先生,是他让我找回了自己,进而很快找到工作。

后来,那个人真的东山再起,成为芝加哥的富翁。

情绪悟语

失败其实并不可怕,可怕的是我们把自己钉在了失败的十字架上,不能够解脱,这样离成功只会渐行渐远。其实,如果我们认为自己是流浪汉,最终就会成为一个流浪汉。我们能够在现实的镜子面前认清自己,我们也就会向自己认为的方向前进,成为自己希望的那个"自己"。

周晓林

小出租成了大"航母" ▷张达明

虽然他们和他所处的工作环境有很大不同,但臧勤认为:大家保持快乐心态的道理却是相同的。

有个叫臧勤的42岁中年男人,是上海大众新亚出租汽车公司运营分公司的一名普通司机,但他把一辆出租车当做"航母"去经营的传奇,成为人们竞相推崇的"偶像",就连全球最有名的微软公司,都请臧勤为微软上海分公司的高管人员上MBA课。那天,原定20人的小型"经验交流会",居然来了50多人,就连楼层的保安也站在门边认真听他讲课。在短短45分钟里,他讲了如何在工作中保持快乐的心态、如何尽快恢复好心情、如何享受生活中的乐趣、如何挖掘美好的事物、如何使用正确的科学方法去工作……臧勤的精彩演讲,被热烈的掌声打断8次之多。

事实上,邀请臧勤讲课的并不止微软一家,此前还有电脑公司、集装箱公司等邀请他讲过 MBA 课。许多企业老总听了他的授课后，深受启发，多次劝说臧勤跳槽到他们公司，但都被臧勤婉言谢绝了。他对那些老总说："我有自己的'航母'企业，在我的企业里，我就是总裁，而且是很快乐的总裁，我不愿意放弃我的企业，更不愿意放弃这份快乐，因为快乐对我最重要。"

臧勤所在的出租公司，多数司机的月收入仅在 3000 元左右，而臧勤却不同，他基本每个月的营业额都在 1.6 万元左右，扣除各项支出后，月收入可达到 8000 元，有时甚至会达 10000 元，是上海出租车行业内屈指可数的高薪司机。

臧勤的成功，用他的话说，就是"把出租车当做'航母'去经营"，在工作中，他处处透出一个企业总裁的经营理念，他担任了"企业"的成本核算师、统计师、会计师、风险评估师等，把一个企业该有的程序运用得游刃有余。

单从计价器一项的详细数据记录中，就可以看出他核算的精致：每次载客之间的空驶时间平均为 7 分钟。乘客上车后，10 元起步价大概需要 10 分钟。也就是说，每做 10 元生意要花 17 分钟的成本。根据他的核算，20 元到 50 元之间的生意，性价比最高，如果做 20 元左右的中短途生意，两小时能赚 120 元；做好一个后，就要决定往哪儿拐弯、怎样躲避交通高峰，并通过挑选行车线路来主动选择所载的客人。

臧勤把一个企业中所必需的营销术也参悟得十分透彻，他和乘客之间的良好互动，让乘客心悦诚服。凡是乘坐他车的客人，每个人都和他聊得很愉快，到了目的地后，乘客总会惊讶地说："奇怪，怎么这么快就到了？"臧勤也会笑眯眯地回答乘客："咱们这是 20 分钟的缘分哪，不珍惜怎么行呢？"说得乘客连连表示，下次再有机会，还坐他的车。

　　臧勤做了 17 年"的哥",和乘客聊了 17 年,也让他发展了大批的"回头客",当然也包括大量的外宾。可以这样讲,他现在根本用不着去拉零散的客人,仅长期包租的客户就让他收入不菲,想坐他的车,往往都要提前预约。

　　在微软上海分公司讲课时,臧勤面对的都是 IT 精英,虽然他们和他所处的工作环境有很大不同,但臧勤认为:大家保持快乐心态的道理却是相同的。

　　在对臧勤的提问环节中,一位女高管问他:"工作不顺利或者心情不好时,如何才能让自己快乐起来?"

　　臧勤不假思索地告诉她:"你可以倒一杯咖啡,站到你 23 楼办公室的窗口,然后向下面俯瞰,欣赏街面上的美景,然后你就想,你之所以能够欣赏到如此的美景,是因为微软给了你这样优美的工作环境,才能站得更高看得更远,能欣赏到更美的景色。"

　　说得那位女高管当场向臧勤深鞠一躬,说道:"听君一席话,胜读 20 年书哪!"

　　有人向臧勤提问:"你遇到红灯或堵车时却不急不躁,你是怎样保持这种快乐心态的?"

　　臧勤微微一笑说:"这就要求自己学会享受工作带来的美好和快乐。遇到红灯时,把心态放松,放一粒瓜子或者五香豆到嘴中,看看外面的美景,自己这时的感觉,真就像自己开着私家车在马路上兜风。外在环境是不能改变的,最好的办法是改变你自己。"

　　还有人向臧勤提问:"你开了这么多年车,就没遇到过让您不开心的乘客吗?"

　　臧勤依然微笑道:"当然有,但我绝不因此和乘客闹矛盾。我曾拉过一个乘客,到了目的地时,计价器上显示是 20 元钱,可乘客说,他以前同样的距离只有 18 元,既然乘客这样说,我也就没必要因为两元钱和乘客闹得不愉快,最后就收了他18元。我是这样想的,自己既然经营的是'企业',那么乘客就是自己企业的'合作伙伴',乘客是为了到达目的地,自己则是想赚钱,而双方合作的时间也仅仅只有20分钟,自己如果不珍惜这短短20分钟的缘分,可能就是这辈子的遗憾,我的心情顿时就快乐了起来。"

又有人提问道:"听说你平时喜欢看书,那你看的书和你的工作有必然联系吗?"

臧勤一脸严肃地说:"没错,我平时是喜欢看很多的闲书,当然不只是单纯地看一下了事,我要对书中讲的道理和自己经营的'企业'去比较,去思考。像金庸写的《鹿鼎记》,别人可能会当热闹看,而我却不是,我会去研究去思考。尤其是主人公韦小宝,在遇到棘手问题时,他是用了怎样的思维、心态、理念去解决,又是用了怎样的思路和方法去面对,再联系到自己的'企业',我就会加以提炼,然后运用进去。比如,我去汽修厂修车时,从不去驾驶员休息室看电视喝茶,而是站在旁边观察修车师傅怎样去修车,再针对自己平时遇到的疑难问题,向师傅们请教解决的办法,车修好了,我也学到了很多知识。"

臧勤在谈到自己的快乐是不是也会感染家人时,他很自豪地说:"我喜欢工作,喜欢享受生活,也很喜欢买菜烧饭,更要让我的太太保持年轻漂亮。在外面开车时,我会观察路上女孩子的服装,然后想象我太太穿成什么样,才符合她高贵、文静的气质,并给她提出合理的建议,经常带她去买衣服。我的家庭一直融合在和谐喜气的氛围中。"

臧勤的下一步打算是,要让自己成为全上海最有文化、最有理念、最能让乘客快乐的出租车司机,把小小的出租车做成一个大"航母",从而带动整个同行都能赚更多的钱,让每个乘客坐得都舒心,让自己每天工作都开心,让无限的快乐,弥漫在全上海乃至全中国!

情绪悟语

快乐是我们都渴望的事情,但是很多人在很多时候都忘记了让自己快乐。当遇见一件烦闷的事情,当被老师批评,当和同学相处不好……我们都会忘记快乐,而把自己投进无休止的烦恼中去。有时那些事情已经过去了,只是我们不肯放过它而已。快乐起来吧,让我们的快乐驱散一切烦恼。

○张洋

羚羊的快乐　○周　慧

没有一种动物是无敌的,总会受到别人的欺负,关键是要摆平心态,快乐地生活。

在辽阔的热带草原上生活着各种各样的动物,羚羊是这个大家族中的一员。羚羊看起来是弱小的,时时处于被食肉动物猎杀的危险状态中;就是在食草动物中,它们也常常处于劣势,较小的体形促使它们一次次地放弃甜美的草。

一只小羚羊不解地问母亲:"为什么狮子爱追杀我们?"母亲回答:"狮子是万兽之王,它们太凶狠啦!"小羚羊又问:"为什么猎豹和猎狗也捕捉我们?"母亲回答:"它们有锋利的牙齿,不好对付。"小羚羊仍在追问:"那为什么野狗也敢欺负我们?"母亲回答:"它们成群结队,也不好惹。"小羚羊叹道:"我们真可怜!"

有一天,小羚羊又问母亲:"大象、斑马和我们一样都吃草,为什么我们要把甜美的草让给它们?"母亲解释:"它们的体形都比我们大,我们挤撞不过它们,只有让。"小羚羊叹道:"我们可真够倒霉的,为什么我们非要做羚羊!"母亲说:"孩子,没有一种动物是无敌的,总会受到别人的欺负,关键是要摆平心态,快乐地生活。"小羚羊不懂。母亲说:"以后我带你四处看看,你就明白啦!"

之后,母亲一有机会,就带着小羚羊躲在草丛中观看一幕幕"特别"的场景:狮子被斑马踢得浑身是伤,几条野狗从花豹嘴边抢夺猎物。

小羚羊一次次看得目瞪口呆,母亲问:"孩子,看过这些场面,你还觉得自己可怜吗?"小羚羊说:"原来,每种动物都有受别人欺负的时候,看来,谁都活得不轻松!"母亲说:"确实如此,没有一种动物是唯我独尊的,但每种动物都快乐地生存着。我们虽然弱小,但我们有自己的优势——我们会跳,我们能跑,如此辽阔的草原,到处有我们的生存空间。所以,我们要快乐地生活!"

情绪悟语

我们总觉得别人嘴里的糖是最甜的,但是我们只看到了人家吃糖的甜美表情,而忽略了别人获得糖的辛苦历程。每个人都有自己的烦恼,每个人也都有自己的快乐。不必一味地去羡慕别人的幸福,我们也有自己独有的幸福和快乐,只要肯用心地去品味,就一定能感受到。

张洋

让怨恨转个弯 ▷陌 兰

> 能够让怨恨转个弯,成为一种提升自己、超越他人的动力,无疑是怨恨的最佳归宿。

5 年前,我在一家建材公司工作,几乎天天加班。我们车间的效益最好,工作也最辛苦,按理说工资也应该水涨船高,实际却不然。

车间主任姓王,为人粗鲁,专横贪婪。他设了一个小金库,车间的盈余完全由他支配,对工段长和几个他喜欢的工人,每月都发丰厚的红包。平时用公款吃喝玩乐无所节制,而对大多数工人,他总能找出克扣工资和奖金的理由。对我这样新来的员工,他更是随意谩骂、百般刁难。工作半年多,我只有一次拿全了工资,奖金完全与我无缘。

怨恨在我心中积聚。堂堂七尺男儿,靠自己本事吃饭,那些工资是我应得报酬,你凭什么克扣? 我又凭什么要受你的欺负和压榨? 我想辞职,但又心有不甘,觉得辞职根本无法化解心中的怨恨。

星期天,我路遇一个同学。他和我有着极其相似的遭遇。我们坐进一间酒吧,端着酒杯互诉怨恨。他说他早就作好打算,等这个月工资一发,就卷铺盖南下。临走时,他要狠狠报复一下他所在公司的经理。他侦察好了,经理每个周末都要去一个小区和"相好"幽会,到时他躲在胡同里,给经理来个突然袭击。

回到宿舍,我躺在床上翻来覆去睡不着。同学的话在我耳边回响,我觉得他的报复计划虽然有些冒险和"不正当",却痛快解恨。几经犹豫,我还是决定效仿他,来个"快意恩仇"。

那天中午,一领到工资,我就匆匆忙忙赶回宿舍,草草吃完饭,收拾好行装,将事先准备好的木棒塞进了袖筒,兴奋而又紧张地坐在床沿等待下午上班时刻的到来。我打算在车间门口"迎接"王主任,趁其不备一棒将其打倒,远走高飞。

人的一生,紧要处那一步,往往决定一个人的命运。上班时间眼看就要到了,在我即将起身去实施自己的报复计划时,父亲打来电话。他告诉我,母亲提前退休的手续终于批下来了。母亲患有慢性哮喘,被照顾到收发室工作,工厂效益不好,工资很低,她申请提前退休,想回家开一饭馆多挣些钱。父亲说:"你应该知道你妈的心思。过几年你就要结婚娶媳妇了,你妈想为你多准备些钱。孩子,父母处处为你着想,你自己要争气啊。一个人在外工作,难免吃苦受气,这没什么,怕只怕你把握不住自己,一时冲动做出什么傻事、错事。我们不在你身边,你必须学会自我约束,遇事三思,切不可莽撞行事,让我们担心。"

我将木棒从袖中抽出,悄悄塞在床铺底下。报复的烈焰并没有在我心中熄灭,然而父亲的话使我的怨恨转了一个弯,我的思维跳出"传统"报复的羁绊,仿佛来到一片开阔地,眼前豁然开朗。我想,我之所以遭遇种种不公和刁难,是因为我在那个人眼里无足轻重,有朝一日我变得重要起来甚至超过他,我的境遇不就自然而然地改变了吗?到那时,他将如何面对我?为今天的目光短浅、傲慢专横,他能不懊悔吗?这对他将是一种更持久、更严厉的报复。最重要的是,这种报复是公开和合法的,并将成为引导我上进的动力。那天,我去找那位同学。在我的劝慰下,他也放弃了冲动的想法,决定换一家公司,忘掉过去,重新开始。

那天对我来说是一个新的起点。以前,除了我工作的环节外,其他生产流程我根本没有心思去了解,对公司和建材市场今后的发展等"高端"问题更是从未考虑过。我认为那根本就不是我这个小工人所应该考虑的事情。但那天以后,我一面以前所未有的热情干好本职工作,一面刻苦学习各种技能,了解市场和翻阅大量有关建材方面的资料。不到两年,我不仅完全掌握了公司的所有生产流程,还对很多不尽合理的地方提出了改进意见并被采纳。

我的努力得到丰厚回报:经理对我刮目相看,破格提拔我为专管产品开发的副经理。王主任再遇到我时,神情已和从前迥然不同,谄媚的笑容和低垂躲闪的目光显得十分滑稽。

遇到不公,每个人都会产生怨恨。泄恨的方法很多,能够让怨恨转个弯,成为一种提升自己、超越他人的动力,无疑是怨恨的最佳归宿。

情绪悟语

许多时候,我们总会遇到这样或那样的不公正对待,与其让自己深陷于痛苦的抱怨中,不如将精力投身到改变自己的态度和提升自己的能力上去?抱怨不能解决问题,当你转个弯去思考的时候,也许会是一片新的天地。

周晓林

成功先生与失败先生 ○关荣金

> 完全重用成功先生,任何思想进入你的脑中,都派成功先生去执行任务,他就会引你迈向成功。

你的头脑是一个"思想制造工厂",一个非常忙碌、每日制造无数思想的工厂。

工厂由两位工头负责。一位我们称他为成功先生,另一位则称他为失败先生。成功先生负责正面思想的生产,他的专长是生产你之所以可以、够资格,以及会成功的理由。另外一位工头失败先生负责生产负面、自贬的思想,他是替你制造你之所以不能、不精、不足成事的理由的专家。生产为什么你会失败的思想,是他的专长。

成功先生和失败先生都非常听话,你只要稍稍给他们信号,他们就马上采取行动。如果讯号是正面的,成功先生就会出来执行命令。反之,负面的讯号,失败先生就会出来完成任务。

想要了解这两位工头对你的影响,你不妨这么做:告诉你自己"今天真倒霉"。失败先生一接到这个信号,立刻制造出几个事实证明你是对的。他会让你觉得今天太热或太冷、生意冷清、售货量减少、有人不耐烦、你生病、你太太心情不好。失败先生非常有效率,不到一会儿工夫,你就会感到今天真倒霉。

如果你告诉自己"今天是个好日子"。成功先生接到讯号出来执行任务,他告诉你"今天是个好日子、天气好、仍然快乐地活着、你又可以赶些进程"。那么,今天就是个好日子。

同理,失败先生让你相信你无法说服史密斯先生,成功先生则告诉你可以。失败先生说你会失败,成功先生则让你相信你会成功。失败先生找了冠冕堂皇的理由叫你不喜欢汤姆,成功先生则告诉你相信汤姆是值得喜欢的。

你给他们的信号愈多,他们就变得愈有权力。如果失败先生的工作增加,他就会增添人员,占据脑部更多的空间。最后他就霸占了整个思想工厂,可想而知,那样一来所有生产出来的思想都将是负面的。

所以最聪明的办法就是开除失败先生。既然他无法帮你达到成功的目的,干脆一脚把他踢开。

完全重用成功先生,任何思想进入你的脑中,都派成功先生去执行任务,他就会引你迈向成功。

 情绪悟语

面对同一件事情,我们总是有两种不同的思维去面对——或者是积极的或者是消极的。这两种思维会拉着我们朝不同的方向走,当然,到达的终点也截然不同——或是成功或是失败。因此,我们面对任何一件事情都要用积极的、乐观的态度去面对,那样成功先生才会更稳接受任务,帮助我们走向成功。

▶周晓林

每天你都有两种选择　　◎胡　杨

每天你都有两种选择,是选择好心情还是选择坏心情?

"每天你都有两种选择,是选择好心情还是选择坏心情?"这是今天我打开信箱看到的第一封 E-mail,它来自上海,是一个从未谋面、叫根号叁的朋友发来的。

长久以来,我一直收到他的信件,信里面是一些智力测试、幽默故事、动画等,而"主页"上面除了那个熟悉的名字,就是"我快乐,所以你也要快乐"的字样。这些让我在夏天感觉到一阵清凉,在冬天感到一种温暖。

感激之余,我没忘了按照"他"的意图把这个小故事传达给更多的人,只可惜无法将美丽的画面一起送上。希望你至少在看到它的时候选择了好心情。

Jerry 是美国一家餐厅的经理,他总是有一份好心情。当别人问他最近过得如何时,他总是说:"如果我再过得好一些,我就比双胞胎还幸运了。"当他换工作的时候,许多服务生都跟着他从这家餐厅到另一家。为什么呢?因为 Jerry 是个天生的激励者。如果有某位员工今天运气不好,Jerry 总会适时地鼓励他,告诉他往好的方面想。

有一天我到 Jerry 那儿问他:"没有人能够永远那样积极乐观,

你是怎样办到的？"

Jerry 回答："每天早上起来我都告诉自己，我今天有两种选择，我可以选择好心情，也可以选择坏心情，我总是选择好心情。即便有不好的事情发生，你可以选择做一个受害者，或者选择从中学习，我总是选择从中学习。每当有人跑来跟我抱怨，我可以选择接受抱怨，也可以选择指出生命的光明面，我总是选择生命的光明面。"

"但并不是每件事情都那么容易啊！"

Jerry 说："的确如此，生命就是一连串的选择，每件事情都是一次选择，你选择如何回应，你选择人们如何影响你的心情，你选择处于好心情或是坏心情，你选择如何过你的生活，等等。"

数年后的一天，我听到 Jerry 身上发生了一件我绝对想不到的事。有一天，他忘记关上餐厅的后门，结果早上，3 个武装歹徒闯入抢劫。Jerry 去开保险箱，但由于紧张过度，弄错了一个号码，劫匪向 Jerry 开了枪。

幸运的是，Jerry 很快被邻居发现并送往医院。经过 18 个小时的外科手术以及日后的悉心调养，Jerry 终于出院了，但还有一颗子弹留在他身上……

事发 6 个月后，我遇到了 Jerry。我问他最近怎样，他回答："如果我再过得好一些，我就比双胞胎还幸运了。要看看我的伤痕吗？"我婉拒了。但我问他当抢匪闯入的时候，他在想什么。Jerry 回答道："我第一件想到的事情是我应该锁上后门。当他们击中我之后，我躺在地板上，还记得我有两个选择。我可以选择生，或选择死，我选择了活下去。"

"你不害怕吗？"

Jerry 继续说："医护人员真了不起，他们一直告诉我没事、放心。但在他们将我推入紧急手术室的路上，我看到医生跟护士的眼睛好像写着——他已经是个死人了。我知道我需要采取行动。"

当时一个护士问我："你是否会对什么过敏？"我深深吸了口气说："子弹！"

听他们笑完之后，我告诉他们，我现在选择活下去。请把我当做一个活生生的人开刀，而不是一个活死人。

Jerry能活下来当然要归功于医生的精湛医术，但同时也由于他令人惊奇的乐观态度。他让我懂得了：

每天我们都可以选择享受自己的生命，或是憎恨它。这是唯一一项真正属于我们的权利，没有人能够控制或夺去的东西就是——我们的态度。

情绪悟语

每天我们都面临选择，就像上学选择要走的路，不一样的路就会遇见不同的人。有的路上，我们会遇见一些笑脸；有的路上，我们则可能看到忧伤的眸子。不管遇见什么，幸运也好，不幸也罢，都让我们乐观面对，给自己也给他人一个笑脸吧。

周晓林

讨好自己　　○应颖颖

感谢那位普通的"傲"女孩教会我这个人生宝典："讨好自己。"

昨晚室友一回来就大倒苦水："真不知道现在的人都吃错什么

药了,那位 ×× 大姐整天吊着一张脸,居然能竞聘上主管。这下高升了,人也变得趾高气扬起来。早上跟她打招呼,她眼睛一斜爱理不理的,下午下班时叫她一起走,她撇出一句以前从未说过的话'我喜欢自己走'。哎哟,真是倒了几辈子霉才要去讨好她。"

听完她的话我很诧异,既然如此,何必要去"讨好"她呢?身边这么多人,你不可能让所有人都成为自己的知己,更不可能让每个人都喜欢自己。何必辛辛苦苦地去迎合、讨好他们呢?白眼也吃了,压力也受了,可别人并不一定就喜欢你接受你了。不知不觉中,你就迷失了自己也烦着了别人。

想起一位在某公司做总台小姐只有中专学历的女孩,她给人的感觉就是"傲"。我曾经很疑惑在这个讲文凭讲资历讲美貌的社会,她有什么可傲的资本。她的回答理直气壮:"讨好别人是费力的无用功,与其这样还不如讨好自己。"我一阵愕然,可瞬间又了然。

从此,我学会了在流言飞语面前为自己设一道"隔音墙"。在孤独寂寞时,想方设法逗自己开心;在烦躁压抑时,纵情高歌,尽享美食,大吼几声来发泄;在受到打击时,允许自己畅流几滴眼泪;在踏进陌生的新环境时,找面镜子安慰自己"至少还有一张最熟悉的笑脸"。

感谢那位普通的"傲"女孩教会我这个人生宝典:"讨好自己。"

情绪悟语

　　每个人都有自己的世界,不用去迎合别人,这样不一定能够得到别人的喜欢,反倒会失去自己的个性。即使我们是毫不起眼的一株小草,一只蚂蚁,也不会因为渺小而卑微。我们都是独一无二的、与众不同的,世界缺少了我们,就会缺少很多的精彩。

周晓林

心境的魔力 　◎陆勇强

要活得精彩，就需要有宽广的心胸，百折不挠的意志和化解痛苦的智慧。

一个名叫维克多·弗兰克的德国精神病博士曾经在纳粹集中营里被关押了很多日子，饱受了纳粹分子的凌辱和非人的对待。

弗兰克曾经绝望过，因为这里只有屠杀和血腥，没有人性、没有尊严。那些持枪的人，都是野兽，可以不眨眼地屠杀一位母亲、儿童或者老人。

他时刻生活在恐惧中，这种对死的恐惧让他感到一种巨大的情绪压力。集中营里，每天都有因此而发疯的人。弗兰克知道，如果不控制好自己的情绪，也难以逃脱精神失常的厄运。

有一次，弗兰克随着长长的队伍到集中营的工地上去劳动。一路上，他产生了一种幻觉，晚上能不能活着回来？是否能吃上晚餐？他的鞋带断了，能不能找到一根新的？这些幻觉让他感到厌倦和不安。于是，他强迫自己不再想那些倒霉的事，而是刻意幻想自己正走在前去演讲的路上，来到一间宽敞明亮的教室中，精神饱满地在台上发表演讲。

他的脸上慢慢浮现出了笑容。

弗兰克发现，这是久违的笑容，多年来，它从来没出现过。当知道自己也会笑的时候，弗兰克预感到，他不会死在集中营里，他会活着走出这个魔鬼般的地方。

多年后,从集中营里释放出来时,弗兰克看上去精神很好,他的朋友不相信,一个人在魔窟里会依然保持年轻。

这就是心境的魔力。有时候,一个人的精神可以击败许多厄运。因为,对于人的生命而言,要存活,只要一箪食、一钵水足矣。但要活得精彩,就需要有宽广的心胸,百折不挠的意志和化解痛苦的智慧。

因此,从某种意义上说,人不是活在物质里,而是活在自己的精神里。如果精神垮了,没有人救得了你,即使是上帝也不能。

情绪悟语

　　物质是维持我们生命的东西,精神和意志是我们真正的灵魂。面对困厄,如果只是恐惧和逃避,困境就会像乌云一样紧紧逼迫过来;如果控制住消极和悲观的情绪,以阳光的心态去面对,乌云也就烟消云散了,生命也会因为有阳光的照耀而精彩起来的。　　李俊

堵车的启示　(美)阿尔·马丁内斯　李　麦/译

　　我简直不敢相信,耽搁了55分钟,我竟然没有急得发疯。

　　我是一个没有耐心的人,我要求和我交往的人也必须雷厉风行,不然的话,我就不高兴。我从不错过时间,约会从不迟到,上帝

帮助了每一个在超级市场排队算账时想要插到我面前的人。

我这样谈自己的不耐心，也许你可以想象，当我碰上了交通阻塞时，是个什么样子了。这事发生在南佛罗里达州靠近我的家乡的山路上，一位年轻人在防栅旁拦住了我，告诉我可能要耽搁半个小时。"为什么要耽搁？"我问。"因为路被挖开了，"他回答说，"我们在装水管。""见他的鬼吧，排水管。"我说，情绪马上低落了。

他耸耸肩："那你就绕过去吧。"

我觉得他的话也有些道理。我还不太清楚这个坑的情况，但是我相信我不会掉进坑里去的。

接下来的 5 分钟是在烦乱中度过的：文件在我的手提箱里，收音机和一些东西在工具袋里，我把所有的东西拿出来又放回去，然后长吁短叹地盯着窗外。

不一会儿，在我的车后停了一大串汽车，司机们纷纷下车。看来那小伙子的主意不是个坏主意，我该试试，总比坐着干等强。

就在这时，一个年龄比较大的人走过来，说："真是个阳光明媚的早晨。"他穿着工装裤，花格子衬衫，像是开出租车的。

我看看四周，远处朦胧的溪流从圣·莫尼克大山上流下来，银灰色的水线接着蓝天，是个开阔清爽的秋天的大自然。"不错。"我说。"下大雨的时候，瀑布就会从那边流下来。"他指着一块凹进去的断崖接着说，"我想起我好像也见过洪水从那块断崖上倾泻下来，在山脚下激起很高的浪花。我很可能只是急急忙忙地经过这里时匆匆地看了一眼。"

一位年轻的姑娘从车上下来问道："有上山的路吗？"老人大笑着说："有几百条，我在这里已经 22 年了，还没有走完所有的路。"我想起这附近有个公园，里面有一块很凉爽的地方。在一个炎热的夏日里，我曾经在里面散步。"你看到那只山狗了吗？"一个穿着大衣打着领带的年轻人叫了起来,吸引了那位女士的注意力,"在那里!我看见了。"她突然大叫起来。

年轻人兴奋地说:"冬天快来了,它们一定在贮存食物。"

司机们都跑了出来,站在路边看。有些人拿出照相机拍照,耽搁变成了愉快的事。我记得上次洪水暴发的时候,道路被淹没,电线被破坏。我的邻居们,有些聚在一起议论纷纷,有的点上灯笼一起喝酒聊天,还有的就一起烤东西吃。

是什么把我们聚在一起了呢?要不是风在呼啸,洪水暴发,或交通阻塞,我们怎么会把时间分配在这里和人交谈呢?这时,一个声音从防栅那边传过来:"好了,道路畅通了!"我看了看表,55分钟过去了。我简直不敢相信,耽搁了55分钟,我竟然没有急得发疯。

汽车发动起来了。我看见那位年轻姑娘,正把一张名片递给那位打领带的小伙子。也许他们将来还会在一起散步。

那位老人向出租车走去时,向我挥了挥手。"嗨!"我叫道,他转过身。"你说得对,"我说,"是个阳光明媚的早晨。"

情绪悟语

遭遇不顺心的事情总是会让人觉得烦恼,但是这丝毫不能帮助我们解决问题,只会让我们沉重的心情愈加沉重。世界上其实有很多美好的事情,可以借助他们转移一下我们的视线,等我们回过神来的时候,或许就已经"雨过天晴"了,那时候心情就会像天边的彩虹那般美好。

张洋

每天我们都可以选择享受
自己的生命，或是憎恨它。

第 **3** 辑

不要被自己击倒

　　有些人很"慷慨"地将外界给自己的压力,给自己的负面刺激都吸收进去了,所以造成了"消化不良",积郁成疾,最后身体乃至精神都被打垮了。如果心灵是阳光的,真正身体的疾患也会被这阳光给融化掉的。所以,把那些不愉快,统统从自己脑子里赶出去吧。

压力的馈赠 ◎流 沙

巴尔扎克的故事却让我们明白,压力是成功的催化剂,它可以催生许多奇迹。

一位出生在普通人家的年轻人十分喜欢文学,但在他 30 岁之前从来没写过令自己满意的作品。

他的亲人希望他能经商,这样生活可以因此更富足些,但是他却希望能够写作。他最大的希望就是有人能为他提供一年的生活费用,让他能够安稳地写作。

但残酷的生活让他不得不走上经商的道路,他先后办了不少厂子,但没有一家能够成功;他也曾和出版商合作,经营书籍,但也失败了;他又办了铸字厂和印刷厂,但厄运连连,这两家厂先后倒闭,而且欠下的巨额债务足以让他还 30 年。

没有钱的他不得不走上靠卖字来求生和还债的道路。一年之内,他发疯似的写下了 3 部小说,但那些书反响平平,销售也不理想,而且因为版权得不到保护,即使小说写成,也不足以解决生计问题。后来他改做记者,为多家日报撰稿,他每天写大量的文字,赚取一些微薄的稿酬。

债主天天上门逼债,他绝望过,也想过放弃。但他十分崇拜白手起家、意志坚强的拿破仑,他把拿破仑的画像放到书桌前,鼓励自己必须坚持下去。

他开始创作小说。他一天睡四五个小时，喝大量咖啡，每天晚上8点上床，午夜起来写作，直到早晨8时。为了让自己的文字尽快变成金钱偿还债务，每天早餐之后，他就把手稿送到印刷厂。因为创作时间仓促，文章上经常有错字和文理不通的部分，他只好对校样改了又改，而且他不是只改动几个标点，而是大段大段地重写。一本名叫《老处女》的小说，他一连改了9次，最后让排字工人十分厌烦，他们甚至抗议以后不再排他的文字。

他在30岁之后的生活几乎全是为债务而发疯似的写作。在后来的20年内，他创造了100多部小说，其中的《高老头》等数十篇小说成为传世之作。在他逝世的前两年，他还在修改20多年前的手稿。

他就是法国著名的作家巴尔扎克。巴尔扎克能从一个平庸作家成为著名作家，动力竟来源于那些巨额债务。为挣钱还债，他写作写作再写作。

很难想象一个伟大的作家有这样的创作动机，但巴尔扎克的故事却让我们明白，压力是成功的催化剂，它可以催生许多奇迹。

情绪怡语

如果没有考试和升学的压力，恐怕我们很多时候在安然地睡觉，安然地嬉戏吧。人生不能没有压力，没有了压力也就失去了前进的动力。没有压力，往往就会忘记自己的目标，就会懈怠。所以，在适当的时候给自己一些适当的压力吧，它会推着我们前进的。

● 李俊

把苦难放在远处欣赏 ◎柳 君

> 我也喜欢把苦难放在远处。许多时候，无法承受发生在自己身上的苦难。

坐式排球，是一种截肢者进行的体育比赛。只要看过一次，也许会终生难忘。

这种比赛的场地并不大，网栏也不高。比赛进行的时候，气氛比较沉闷。运动员表现好坏，并不是最重要的，重要的是他们能够坐在场内，在众目睽睽之下，以仅存的上肢进行一场凄美的搏击。

把苦难放在远处，可以看到诗意。如果把坐式排球放在远处，我们似乎也可以看到诗意。但现在，当一些失去下肢的人，给四肢健康的人表演时，让人感受到的只能是疼痛。

我也喜欢把苦难放在远处。许多时候，无法承受发生在自己身上的苦难。当时过境迁之后，便又是讴歌又是体悟。所以，遇到残疾人和在生活中遭受苦难的人，总是以远远的目光去观察，而不愿去体味他们此刻正在遭受的痛苦。

有一个幼年失去上肢的人，竟能挑百斤重担上山，即使是一个健康的人也很难在山路上保持担子平衡啊！

多少年前一个起雾的早晨，在山路上，偶然遇到了他。我抱着刚刚满一岁的外甥上山，他正挑着担子从我的身边超过。我不由得的赞叹："你真能干！"

他长叹了一口气,不声不响,很快消失在山路上。

走到半山腰,远远地见他在石墩上歇脚。有一种声音隐隐约约地传来,初听,似婴儿的呻吟,再听,又像夜晚中猫的悲鸣。再走近时,我呆在了那里。

他在哭,一个人坐在空旷无人的山路上哭。

我当时还是不能以悲悯的目光去看待他的哭泣,认为他的哭泣类同于一个老人的天助流泪。譬如我的曾祖母,在某一个无法预期的时刻,她会无缘无故地哭。

但现在,我坐在充满城市喧嚣的客厅里,想起这个失去上肢的年轻人,心里一阵阵抽搐。

情绪悟语

苦难离我们远时,我们愿意奉上我们的同情、抚慰,甚至欣赏;当苦难离我们近时,我们觉得震撼、悲伤,甚至难以接受。所以,我们还是把苦难放得离我们远一点,因为苦难的承担者并不需要我们的同情,而我们能给的,除了敬佩还有什么呢?

巩高峰

活着就像在舞蹈 ▶绘 丹

活着就像在舞蹈——在人生的舞台上,需要的就是这股子执著和韧劲儿!

女孩很小的时候,父亲就抛弃了她和母亲。坚强刚毅的母亲立志要将女儿培养成出类拔萃的人才,于是将女儿送进了一所舞蹈学校。高昂的学费并未吓倒母亲,她四处打工挣钱,7岁的女孩看见母亲整日忙碌和疲惫的身影,就会忍不住流泪。

一天,女孩对舞蹈老师说:"我想退学。"老师问:"为什么?"女孩回答:"我实在不想让母亲这样为我操劳。"老师问:"如果你退学,你觉得母亲会开心吗?"女孩回答:"至少我可以让母亲过得轻松点儿。"老师又问:"你知道母亲最大的心愿是什么吗?"女孩回答:"当然知道,母亲希望我成为舞蹈家。"老师说:"记住,只有实现了愿望的人才能变得轻松和开心;因此,你必须好好学习,了却母亲的心愿。"

女孩小小年纪就上了人生第一课,她从母亲的行动和老师的言语中受到了莫大的鼓舞。她训练比别的孩子勤奋,吃的苦比别的孩子多;但她流的泪和抱怨的话却比别的孩子都少。几年后,她成了最出色的学员,并开始登台表演。老师为她高兴,母亲为她自豪。

可命运总是在捉弄人,当女孩出落成亭亭玉立的少女,满怀信心准备迎接美好未来之时,身体却出了毛病:骨形不正,腰椎突出。这对舞蹈演员来说是致命一击。是退缩还是坚持?女孩选择了后者。她忍受疼痛和折磨,在身上装了一个"校正仪",继续着她的舞蹈。她的努力和刚强没有白白付出,国家舞蹈团招了她,而且她很快成了领舞。此后她的足迹遍布世界各地,她优美的舞姿倾倒了无数观众。

她就是西班牙国家舞蹈团的常青树,享誉世界的弗拉门戈舞皇后阿伊达·戈麦斯。前不久来中国巡演时,记者问她:"面对贫穷和不幸,面对病痛与磨难,你是如何理解人生的?"已在舞台上舞蹈了四十余年的阿伊达笑容依旧美丽迷人,她说了这样一番话:"在我眼里,除了战争和死亡,别的都不能叫不幸;活着就像在舞蹈,一个有梦并愿为此付出一生的人没有什么东西能阻挡住她;我会永远地跳下去,直到跳不动那天为止。"

一个有梦想有追求的人,任何艰难困苦都挡不住他前进的步伐。活着就像在舞蹈——在人生的舞台上,需要的就是这股子执著和韧劲儿!

 情绪悟语

◇周晓林

当我们在追求梦想的时候,总有很多东西试图阻碍我们前进,因为世界上没有什么梦想的实现是一帆风顺的。因此,任何困难甚至苦难都是我们必须承受,必须克服的。活着就像跳舞,不要被苦难打乱舞步,凭借自己那股执著和韧劲儿,力争让自己在学习、生活中保持优雅的舞姿。

没人可以偷走你的梦想 ◇若 莲

那一堂作文课,我给学生们的作文题目是:"没人可以偷走你的梦想"。

星期天下午,一位中年人登门拜访,自称是我的学生,可是我已经记不得他是谁了。

他笑着说,有一件事,老师一定会印象深刻。他说,小学四年级的作文课,题目是"我的理想"。当时他是这样写的,他说,我的理想很简单,就是长大以后能够走出大山,去看艾菲尔铁塔,还有埃及的金字塔和非洲的原始森林。

而其他同学的作文要么写着长大了当一名工人,或者长大了当一名科学家,只有他的理想看起来是那么不着边际。当时我批评他好高骛远,要他重写,可是他却执拗地告诉我:"这真的是我的理想啊!"后来,我让他在教室后面站了整整一堂课反省。

他这样一说,我约摸记了起来,好像在我刚刚走上讲堂的时候是发生过这么一件事。中年人说他就是当年的那个小男孩,如今,他的足迹已经遍布四大洲,真的实现了儿时的理想。

看着眼前这个中年人,曾经被我那么粗暴对待的学生,我深深地惭愧了。想到自己三十多年的从教生涯,不知道在有意无意间破坏了多少孩子的梦想。每一个人,儿时都曾有过一个美丽的梦想,但这个梦想,在成长的岁月里,不知道什么时候就被改掉了,或者说被自己扔掉了。也许是生活中微不足道的一件事,也许是老师笔下的分数,也许是老师无意之中的一句话,那个梦想不知不觉就褪色了。于是,我们的生活开始和绝大多数人的生活雷同,并且,我们还为这个雷同沾沾自喜。

爱情远走了,还会有下一段爱情;钱没了,还可以继续去赚;唯独梦想,一旦失去,就再也难以寻回来了。

作为一名老师,我为自己曾经说过那样的话而感到万分羞愧。人这一生,其实是多么需要梦想这双彩色的翅膀啊,孩子们更可以因为这彩色的翅膀而放飞自己的生命,而我却由于自己的年轻狭隘,粗暴地干涉着孩子们的梦想。

又一堂作文课上,我让每个学生说出心中的梦想。孩子们一个个站起来,大声告诉我,有的想当一名航天员,有的想当歌星,而有的则说自己长大了要做一个最棒的厨师。第一次,我微笑着听他们诉说自己的梦想,不再用自己那所谓的人生经历和价值观对他们进行武断地否定。然后,我告诉了他们那个中年人的故事,讲了他是如何坚持自己的梦想最后终于成功的故事。

那一堂作文课,我给学生们的作文题目是:"没人可以偷走你的梦想"。

情绪悟语

　　每个人都有一个属于自己的梦想,不管这个梦想是伟大还是卑微,是实际还是遥不可及,它们都是切切实实属于我们自己的,与别人的梦想无关,只与我们自己为此付出多少汗水有关联。让我们乘着梦想的翅膀,向着心中的太阳勇敢的飞翔吧。

▼周晓林

心 境 防 割　▶毕淑敏

> 一个心理健康的人,心流血,就撕下衣襟止血;心撕裂,就飞针走线地缝合。

第一眼看见防割手套,平凡到令人垂头丧气。

它和普通车工钳工戴的白线手套没有任何区别,不过只要戴上手套,任你用刀锋在指掌上反复切割,也能如溪水掠过毫发无伤。原来是在看似普通的棉纱里,捻进了五百根高弹钢丝。

有一段时间,我出门书包里常带着防割手套,期望着碰上一个行凶的歹徒,冲出去见义勇为又保全须全尾。然世事虽纷杂运气却太平,梦想竟无法成真。坚固的防割手套渐渐蒙尘,如同骁勇的大将空白了少年头。终有一天,我在乡下干活的时候,想到委它以新任。花圃中月季正香艳,这是最渴望修剪的花卉。此花盛开之后如不从瓣下第三分岔处刈除,就会花渐小香渐远魅力大失。只是那些蔷薇籍贯的锐刺尽忠职守,如同美女的贴身保镖虎视眈眈。我手笨,每一回都被扎得十指痛痒。

连刀剑都能阻挡,还怕小小的荆棘吗?我戴上防割手套,所向披靡地抓起了月季花茎。顿时,双手像被蜂群包围,数不清的小刺同时扎入肌肤。慌乱摘下手套查看,七八处鲜血淋漓,实为我充任业余园丁以来损失最惨痛的一次。

原来,这特制手套能够防止长刀短剑的切割,却并不能阻止细小毛刺的锲入。钢丝铰接的缝隙是小针出入自由的高速路口。

那天,我贴着大约十张创可贴完成了剪枝工作,一边挥舞园艺剪一边想,悲哀啊,看来十万根钢丝也无法保证我们的心境不受损毁。更不消说,人是不能无时无刻都裹在钢丝里面的。那样我们将丧失对人间百态的灵敏触碰和对风花雪月赏心悦目的叹息。

你想葆有对世界的好奇和快乐吗?你必须除去心的伪装,敞开你的心扉。心必将一生裸露着,狂风为她梳洗,暴雨为她沐浴。心没有蓑衣,也没有斗笠。心会受伤,心也会流血,这就是心的功能啊。

把心藏在钢铁中,且不说钢铁也是有缝隙的,就算心境防割,心也不能再活泼地游弋,那才是心最大的哀伤呢。关于这种悲惨的境况,古语中有一个恰如其分的词,叫做"心死"。

一个心理健康的人,心流血,就撕下衣襟止血;心撕裂,就飞针走线地缝合。他可以有累累的创伤,更会有创伤愈合之后如功勋章般的痕迹。

情绪悟语

　　很多时候，我们受伤了，从此把心包裹得严严实实，以为天下无敌。其实没用，就是连刀锋都不怕的防割手套都有漏洞，面对月季的小刺却无能为力。连钢铁也有缝隙，何况我们敏感的心。所以，心境从来只能完善，不能封存。我们要学会的，是怎么保护自己，而不是做一个简单的封套。

不要被自己击倒 ❯感　动

　　如果心灵是阳光的，真正身体的疾患也会被这阳光给融化掉的。

　　第一个故事：我曾经有一个朋友，是一个出类拔萃的青年教师。5 年前，他因为胸部疼痛去一家医院检查，结果他拿到的是确诊为肺癌的化验单。回到家，他便倒下了，再也吃不进一口东西。从此，他目光呆滞，惶恐不安，日渐消瘦，不到 6 个月，这个生龙活虎的年轻人便病入膏肓了，家里为了他耗尽所有钱财，仍未能挽回他的生命。

　　今年 4 月，这家医院因为管理混乱、造成很多医疗事故而被媒体曝光，接着被卫生部门全面检查，许多令人吃惊的错误被公布于众。

　　一天，一个男人来到那位朋友的家里告诉他的父母：医院在 5 年前把化验单弄错了，被确诊为癌的本来是他，而朋友当年的化验结果为：肺感染。

　　另一个故事：美国的科学家不久前做了一个试验：把一只小

羊和一只狼关在一起。狼是拴着的,吃不到羊。但是羊却可以听到狼的叫声,看到狼凶巴巴的样子。而另外一只小羊是单独关起来。8个月以后,单独圈养的羊膘肥体壮;但是和狼关在一起的那只羊,永远是一只长不大的小羊,后来逐渐僵掉了,再后来就变成病羊了,最后成了一只死羊。

与一个心理学家聊天时,他告诉我,我的朋友和那只羊的确都是病死的,但这个病的病根却是源于内心,心理脆弱的人会接受外界刺激,然后转变成压力强加给自己。这种压力不断地变大变大,最后就把自己给压垮了。

情绪悟语

有些人很"慷慨"地将外界给自己的压力,给自己的负面刺激都吸收进去了,所以造成了"消化不良",积郁成疾,最后身体乃至精神都被打垮了。如果心灵是阳光的,真正身体的疾患也会被这阳光给融化掉的。所以,把那些不愉快的,统统从自己脑子里赶出去吧。

❯曾芸芸

你的心在哪里,
你的世界就在哪里 ❯刘 萍

你的心在哪里,你的世界就在哪里。这是我的信条,也是我小有成就的秘诀吧。

两个中国人看世界杯足球赛,一位在英国留过学,一位在法国留过学,他们支持的球队几乎可以肯定是按这样的顺序排列:中国、英国；中国、法国。因为他们的心也曾与英国或法国相连，所以他们不自觉地转移或至少部分地转移了自己的故乡。

其实，理解这点并不难，就像如果你正在观赏一朵花，那朵花就是你的世界主题；如果你正阅读一本书，那么你的世界主题就是那本书。

几年前，我辞掉公职开始着手自己开店做茶叶生意的时候，特意去拜访了一位远亲，请他传授一些茶叶生意之道。这位经营茶叶生意几十年的睿智老人，沉思了良久却给我讲了一个故事。

有一位昆虫学家和他的商人朋友一起在公园里散步、聊天。忽然，他停住了脚步，好像听到了什么。

"怎么啦？"他的商人朋友问他。

昆虫学家惊喜地叫了起来："听到了吗？有一只蟋蟀在鸣叫，而且绝对是一只上品的大蟋蟀。"

商人朋友很费劲地侧着耳朵听了好久，无可奈何地回答："我什么也没听到！"

"你等着。"昆虫学家一边说，一边向附近的树林跑了过去。

不久，他便捉到了一只大个头的蟋蟀，告诉他的朋友："看见没有？一只白牙紫金大翅蟋蟀，这可是一只大将级的蟋蟀哟！怎么样，我没有听错吧？"

"是的，你没有听错。"商人百思不解地问昆虫学家，"你不仅听出了蟋蟀的鸣叫，而且还听出了蟋蟀的品种——可你是怎么听出来的呢？"

昆虫学家回答："个头大的蟋蟀叫声缓慢，有时几个小时就叫两三声；而小蟋蟀叫声频率快，叫得也勤。黑色、紫色、红色、黄色等各种颜色的蟋蟀叫声都各不相同，比如，黄蟋蟀的鸣叫声里带有金属声。所有鸣叫声只有极其细微，甚至很难用言语形容的差异，你必须用心才能分辨得出来。"

他们一边说，一边离开了公园，走在马路边热闹的人行道上。忽然，商人也停住了脚步，弯腰拾起一枚掉在地上的硬币。而昆虫学家依然大踏步地向前走着，丝毫没有听见硬币的落地之声。

"这个故事说明了什么道理呢？"老人问我。

我在思考，我不知道老人讲这个故事给我听是什么意思，我琢磨着怎么回答才能让老人满意。

等了一会儿，老人自己给出了答案："昆虫学家的心在虫子那里，所以他听得见蟋蟀的鸣叫；商人的心在钱那里，所以，他听得见硬币的响声。"

听完这个故事后，我向老人点点头说，我知道您的意思了。您是说，我既然要做茶叶生意，就要专心致志，心无旁骛，茶叶就是我的世界，不仅对茶叶本身要有研究，成为茶叶品评高手，还要对茶道、茶艺、茶文化有所了解，并且对销售，甚至包括茶叶生产厂家的分布及特点、消费者的心理都要知晓，要从骨子里对茶有着深刻的理解。

老人听后，对我竖起大拇指说，孺子可教也，你早晚会成功的。

就这样，我满怀信心开始了我的茶叶经营生涯。

我在市民居住比较集中的一条街道看中了一间60平方米的门市，年租金3万块钱。交了租金请来装修工装修门市，我又赶往茶叶生产地采购茶叶。这是我第一次采购茶叶，由于没有实际经验，采购的茶叶无论在色泽上还是质量上都给日后的批发和销售带来了困难。为了不再犯同样的错误，我买来好多有关茶叶的书，仔细研读，凡是上门的客户也都提供最优惠的价格，便于以后发展市场。

同时，我也开始托朋友介绍茶叶销售渠道，稍有空闲还亲自背着茶叶样品去零售店推销。

在开初的5个月里我跑遍了10个城市的茶叶零售店，但是没有得到理想的回报，而且费用花了不少，背了一身债，我几乎处在了崩溃的边缘。

我的茶叶门市经历了整整 8 个月的萧条后才开始复苏。期间，不断听到新开不久的茶业门市倒闭的消息，我的父母、朋友也都劝我收手。经过激烈的思想斗争和潜心研究后，我咬着牙告诉父母和朋友："我已经喜欢上了这个行业，每个行业起步都会有艰难和困苦，更何况我现在对茶叶有了越来越深的了解和认识，也积累了一些经验，我相信我不会让你们失望的。"

随着茶经的提高和市场的辛勤开拓，我经营到第 9 个月的时候开始有了一点利润，就在 2003 年春节前后的一个月，我的门市赚回了之前的所有投资，还略有盈余。在 2004 年，我的茶叶门市纯利润超过了 15 万，2005 年达到了 20 多万元。

我的茶叶生意在经历了 8 个月的冰冻期后才迎来朝阳，真正赚钱是在一年以后。期间我也想过打退堂鼓，但是我的心在茶叶上，茶叶就是我的世界，我看好这个行业的前景，选择了坚持。我只能说我暂时取得了一些成绩。现在茶叶消费档次不断提高，人们对茶叶的工艺制作和认识程度也越来越高，茶叶的市场也更广阔，凭着我的执著和努力钻研，我想我的茶叶生意一定会越做越好。

你的心在哪里，你的世界就在哪里。这是我的信条，也是我小有成就的秘诀吧。

情绪悟语

大多数人没有成功，主要是因为自己本身没有用心，没有专注。如果连自己的内心世界都把握不了，外面的世界即使不来干扰，自己也会自乱阵脚。只有专注在自己的领域，真正地投入了，才能够如鱼得水。学习中更需要专注的精神，只有这样才能学得真知识，在其中找到乐趣。

周晓林

刀磕伤了就是锯 　◎王绍斌

父亲告诉他,成功是一棵繁茂粗壮的大树,没有磨损过的刀,看似锋利,却无法伐木。

　　大学毕业那年,他觉得自己是一把锋利无比、所向披靡的刀。

　　这把刀先"杀"向职场,被磕出第一个豁口。雄心勃勃、豪情万丈的他,却被领导认为是"绣花枕头",从未被重用。偶然有个展露才华的机会,他还骄傲"失街亭",让人"挥泪斩马谡"。

　　从职场溃败下来后,他又"杀"向更为凶险的商场。他四处举债,成立了一家贸易公司,第一单业务便被骗得血本无归。这把刀又被生活重重地磕伤。

　　他在情场上也伤痕累累。相爱多年的恋人,在他四面楚歌时,不辞而别,与他大学同寝室的死党跑到澳大利亚。这把刀布满伤口,不再挥舞……

　　这时,伐木工出身的父亲来探望儿子。听了他的"苦难经历",父亲却高兴地说:"我的宝贝儿子要有出息了。"

　　父亲告诉他,成功是一棵繁茂粗壮的大树,没有磨损过的刀,看似锋利,却无法伐木。刀磕伤了就是锯,人生的"伤口"就是阅历。阅历就是韧性、经验与力量。

　　如梵音贯耳,他重新振作。那晚,他在台灯下作了首题为《锯》的小诗:

我曾是一把

光滑的刀

被生活磕得

布满缺口

如果你是鲁班

一个真正的行家

就请把我精心地收藏

等明天伐木

且瞧我的威力

伤痕累累的男人

会更有雄风

情绪悟语

　　在刚走上学习和生活的道路时，我们每个人几乎都是一把刀，锋利的理想让我们意气风发。可生活总不像我们预料的那样如意，而往往会屡受挫折。我们是宁折为两截，还是像文中的"他"，接受生活的锤炼，慢慢修炼成一把锯，继续畅行人生的旅程？显而易见，更好的选择是后者。

刘清泉

南瓜究竟能承受多大压力　　◎梦　蔷

> 只要像小南瓜一样竭力将绑住你的铁圈挣脱，就没有什么困难能够阻挡你！

　　在美国麻省某学院曾经进行过一个很有意思的试验。试验人员用很多铁圈将一个小南瓜整个箍住，以观察当南瓜逐渐长大时，对这个铁圈产生的压力究竟有多大。

　　最初他们估计南瓜最多能够承受大约 500 磅的压力。

　　在试验的第一个月，南瓜已经承受了 500 磅的压力。试验到第二个月时，这个南瓜竟然承受了 1500 磅的压力，当它承受到 2000 磅的压力时，研究人员不得不进一步对铁圈加固，以免南瓜将铁圈撑开。

　　最后当研究结束时，整个南瓜承受了超过 5000 磅的压力才产生了破裂。

　　他们打开南瓜发现它已经无法再食用，因为它的中间充满了一层层坚韧牢固的纤维，试图突破包围它的铁圈。为了吸收充分的养分，以便突破限制它生长的铁圈，它的根部甚至延展超过 8 万英尺，所有的根往不同的方向伸展，最后这个南瓜独自控制了整个花园的土壤与资源。

　　由南瓜的成长想到了人生。我们对于自己能够变得多么坚强常常毫无概念。假如南瓜能承受如此巨大的压力，那么人类在相同的环境下又能够承受多大压力呢？相信大多数人能够承受超过我们所认为的压力，因为你拥有比你想象中大得多的潜能。只要像小南瓜一样竭力将绑住你的铁圈挣脱，就没有什么困难能够阻挡你！

 情绪悟语

> 水恐怕是世界上最柔弱的物质，但是它可以把坚硬的石头给"滴穿"。那我们呢？在学习和生活中，我们都会遇到压力，逃避不会让压力减轻，只会让它步步紧逼。但只要我们勇敢地去面对压力，我们就会像"南瓜"那样强大，就可以挖掘出自己的潜力，轻松地去应对一切。

 周晓林

一步改变一生 ◎佚 名

> 千万别轻视那小小的一步，它可能会改变你的一生！

有一天，偏僻的小山村突然开进了一辆汽车。这可是件新鲜事，全村人都围了过来。

从车上走下来几个人。其中一个穿黑皮夹克的中年男子问大家："你们想不想演电影？谁想演请站出来！"一连问了好几遍，村民们都不敢吱声，好多人只顾和身边的人自言自语。

这时，一个十六七岁的女孩站了出来。"我想演。"她长得并不漂亮，单眼皮儿、脸蛋红扑扑的，透出山里孩子的倔强和淳朴。

"你会唱歌吗？"中年男子问。

"会。"女孩子大方地回答。

"那你现在就唱一个！"

"行！"女孩子开口就唱，一边唱还一边扭："我们的祖国是花园，花园里的花朵真鲜艳……"

村民大笑。因为她的歌唱得实在是不怎么好听，不但跑了调，而且唱到一半时还忘了词。没想到，中年男子却用手一指："好，就是你了！"

这个勇敢地向前迈了一步的女孩子叫魏敏芝。她幸运地被大导演张艺谋选中，在电影《一个都不能少》中出任女主角，名字很快传遍了大江南北。

千万别轻视那小小的一步，它可能会改变你的一生！

情绪悟语

有时，机会总是悄无声息地在我们面前出现，面对这个机遇时，谁最勇敢，机遇就毫不吝惜地露出它的真实面目，惠顾于他。如今，正在努力学习导演的魏敏芝，怕是连自己都不相信自己这一小步所带来的巨大改变吧。那么我们呢？机会来临时，敢不敢往前一步呢？

林 夏

在痛苦中感受幸福 ◎李轶男

> 这世上只有巨大的痛苦,没有巨大的幸福。但痛苦是可以拆解的,幸福却不能。

我曾有过一次车祸。很多人都惊讶于我当时的理性和坚强。有朋友问:"你怎么就不哭呢?"我只是笑笑。其实,在那场浩劫中,我感受到最多的是朋友给我带来的铺天盖地的幸福。

在被车撞到的一刹那,我是有知觉的。我想,我完了,但后来剧烈的疼痛让我感到我还活着。火辣辣的疼痛让我渴望抓住点什么,随后,我就真的抓住了。我想,只要活着就好,活着就什么都来得及。

那个夜晚,我身上被安上了许多仪器。我被反复地搬来搬去,直到听身边的朋友说:"没事儿,不过是断了一根骨头。"那一刻我多么欣喜,甚至对着天花板微笑了一下,我觉得我是全世界最幸运的人。跟失去生命比起来,只断了一根骨头是多么幸福的事情啊!

躺在床上的日子,除了接受探视,我无事可干。直到一个远方的编辑说:"请你给我写文章,一定要写。"我问他为什么,他说:"我需要你的文章。"对我来说,在这种情况下,再没有什么比这句话更让人喜悦的了。一个人遭遇不幸还被别人需要着,该有多幸福啊!而曾经,这种需要在我看来是那么不值一提。

日子就是这样,当你心里暗示它是灰暗的,它也就灰暗了。可是如果你认为什么事只要努力地解决了,明天就仍可以幸福地喝茶,听音乐,写喜欢的文字……这样,你在解决的那一刻就幸福了起来。

　　这世上只有巨大的痛苦,没有巨大的幸福。但痛苦是可以拆解的,幸福却不能。如果把巨大的痛苦拆成一小份一小份的,幸福就大于痛苦。而幸福,往往就藏在承受并解决痛苦的过程中。

 情绪悟语

　　在痛苦中感受幸福是一种生活智慧。不要惧怕痛苦,痛苦就是生活中的一剂苦药,它在带给你苦涩的同时也会让你品尝到生命的甜味。欣然地接受痛苦吧,当你勇敢地把它打碎,藏在碎片中的幸福就会奔向你!

第 **4** 辑

最大的魔鬼是自己

当倾盆大雨让我们成为落汤鸡的时候,我们总会埋怨糟糕的天气,而不会认识到是自己没有带伞才造成了这样的窘境。其实,外界环境的恶劣不是造成我们走入困境的根本原因,那些"风雨"能够影响我们,但不能够决定我们。错不在"深渊",而在于我们没有及时止步。

富翁与修女 ◎佚 名

所有的时间和精力用在我们应该用的地方,而不是花时间去愤怒。

一位修女要为孤儿院募款,因此特别去拜访一位吝啬的富翁。

当天富翁因为股票跌停,心情不佳,又认为修女来的不是时候,大为光火,挥手就打了修女一记耳光。但这修女不还手也不还口,只是微笑地站着不动。

富翁更恼火,骂道:"怎么还不滚!"

修女说:"我来这里的目的,是为孤儿募款,我收到您给我的礼物,但是他们还没有收到礼物。"

富翁大受感动,以后每个月自动送钱到孤儿院去。

情绪悟语

在现实生活中,遇到让自己难以克制住情绪的事情,应该像那位修女一样冷静地想一想,我们为什么做这件事?那样,我们就会把所有的时间和精力用在我们应该用的地方,而不是花时间去愤怒。

◎李俊

守护一脸笑容　▶恒　久

> 人们这样评论他的成功："守候着信心与笑容，一切都变得有利起来。"

古河是个穷孩子，小的时候帮人做豆腐。古河是个非常认真的孩子，做事总是尽心尽力，而且充满信心，所以做的事情也很多。主人什么时候看到他，都是一副信心十足、笑容满面的样子，所以主人把看他做事当成件愉快的事。长大以后，他不再做豆腐了，被放债的人雇去催收钱款。

古河靠着他的笑容，把收款的事情做得很出色，多么难收的款他也能收回来。有一次，古河到一个借债的人那里要钱，这笔债早就应该还了，可是借债的硬是拖，"一千年不赖，一万年不还"。这一次，一看来了个讨债的，那人脸色立刻由晴转阴，对古河一脸冰霜，横竖不理不睬。他把古河一个人晾在那里，自己走了。晚上，直到睡觉的时候，他也没搭理古河，索性关了灯，睡大觉去了，让古河一个人摸黑枯坐。古河晚饭也没吃，又冷又饿，但他就是不生气，就是那么静静地坐着，一直坐到天亮。第二天早晨，那个借债的人看到古河仍然坐着，脸上仍然挂着笑容，没有一点生气的样子，着实被感动了，恭恭敬敬地把钱还给了古河。

古河的随和、耐心和永久的笑容，显示了一种心理的力量、意志的力量、信心的力量。两年后，古河买了一个废弃的铜矿，后来成为了日本的矿业大王。任何一种成功都有自己特有的秘诀。人们问古河成功的秘诀,古河说:"发财的秘方就是忍耐二字。"又说:"有了忍耐,就没有一件东西能阻挡你前进的步伐。"

人们这样评论他的成功:"守候着信心与笑容,一切都变得有利起来。"

情绪悟语

面对自己无能为力的事情,发泄情绪也无济于事,只会让自己的心情雪上加霜,倒不如抱着希望乐观的心去面对,一切都会自然而然地好起来。就像等公交车,如果错过了一趟公车,切勿发脾气,因为走了就已经走了,不会再回来。最明智的办法:安心等待下一趟车的到来。

○李俊

先把泥点晾干　›王 悦

批评和侮辱,跟泥巴没什么两样。如果当时立即去抹,一定会搞得一团糟。

读研究生时,我的导师吉纳经常告诫我们,不要一时冲动,成了情绪的奴隶。一次,一名研究生找到她,说另一名研究生出言不逊,当众讽刺他理论过时、见解平庸,令他大为恼火。他不知道是该直接找那个学生论个明白,还是应该找对方的教授评理。

吉纳教授慢条斯理地说:"有时候,别人的言行是很难理解的。如果你不介意,让我给你一个小建议。批评和侮辱,跟泥巴没什么两样。你看,我大衣上的泥点,就是今天早晨过马路时溅上的。如果我当时立即去抹,一定会搞得一团糟。所以我把大衣挂到一边,专心干别的事,等泥巴晾干了再去处理它,就非常容易了。瞧,轻轻掸几下就没事了。我建议你等情绪的水分都蒸发掉了,再来想这件事。到那时,如果你还打算讨伐他,请再来找我。不过晾干水分后,你也许会发现那泥点也淡得找不到了!"

情绪悟语

面对一些无法理解的或者是觉得自己受到伤害的事情,人们的怒气往往会像火山爆发一样宣泄出来,结果也往往更糟糕。所以,最好的办法就是把那些烦扰我们的东西先扔在一边,不去管它。时间久了,这些东西就慢慢淡化了,当初愤怒的心情也就渐渐地不见了。

名人制怒术　◎薛吉辰

达尔文说过:"人要是发脾气就等于在人类进步的阶梯上倒退了一步。愤怒是以愚蠢开始,以后悔告终。"

喜怒哀乐,人之常情,生活在充满矛盾的世界上,谁人不曾遇到过令人气愤发怒的事呢?生活中如何才能制怒呢?不妨学学名人。

一、转移法

在发怒时,借写字、下棋、弹琴、唱歌、赋诗、聊天等其他事达到转移怒气的目的。如韩愈《送高闲人序》中说,张说写字不为练技,仅以此打发无聊,或"不平有动于心,必以草书发之"。再如明代郑宣王《昨非庵日撰》载,李纲性急,但酷嗜弈棋。每逢下棋,性情趋于安详、宽缓。有时遇某事而表现躁怒时,家人悄悄将棋盘摆在他面前,李纲见了便欣然改容,取子布局,怒气遂消。

二、暗示法

就是给自己提出要求,坚信自己有能力控制个人的感情。如禁烟功臣林则徐脾气很大,他为了控制自己的怒气,在中堂挂了写着"制怒"两字的大条幅,以便随时提醒自己。一次,他在处理公务时,盛怒之下把一只茶杯摔得粉碎。当他抬起头,看到自己的座右铭"制怒"二字时,意识到自己的老毛病又犯了,立即谢绝了仆人的代劳,自己动手打扫摔碎的茶杯,表示悔过。再如西门豹性急易怒,总不免得罪人,就在自己的身上佩带了一根牛皮绳。牛皮绳的韧性较大,西门豹借此提醒自己不要性急发怒,让自己放宽缓一些。

三、旁听法

"当局者迷,旁观者清。"发怒时听听周围人的劝告,对清醒自己的头脑是很有好处的。刘备为弟复仇而兴师时有不少人规劝,但刘备不听,最后尝了苦果。一代明君唐太宗也经常失去"冷静"而暴怒,要不是长孙皇后及时相劝,魏征可能已成了他的刀下冤鬼。清朝张英在京城做官,他的家人和乡邻在砌围墙时发生纠纷,非常气愤地向张英告状。张英回信赋诗加以劝导:"千里修书只为墙,让其三尺又何妨?万里长城今犹在,不见昔日秦始皇。"家人见诗后,围墙让后三尺,于是就有了六尺巷的美谈。

达尔文说过,"人要是发脾气就等于在人类进步的阶梯上倒退了一步。愤怒是以愚蠢开始,以后悔告终。"苏轼也讲了一段话,"匹夫见辱拔剑而起,挺身而斗,此不足为勇也。天下有大勇者,猝然临之而不惊,无故加之而不怒,此其所挟持者甚大,而其志甚远也。"两位名人的话都值得我们思考。

◐ 张 洋

情绪悟语

人都会因为各种各样的事情而愤怒。成功者与失败者最大的区别应该就在于如何控制自己的愤怒。事情不会因为一场愤怒而得到解决,相反,得到的结果也许会让事情变得更糟糕。如果要做个智者,首先要做到的就是管理好自己的愤怒。

10 个 毛 病 ◐ (美)蒂姆·赫德森 荣素礼／译

不要轻易去指责别人的缺点,因为每个人身上都存有缺点。

希拉和丈夫汤姆是社区里的模范夫妇,邻居们从没听到过他们吵嘴。在大家的印象中,他们总是手牵手在夕阳中散步。在他们结婚30周年纪念日的庆祝舞会上,有人问他们多年来相敬如宾的秘密是什么?

妻子看着在招呼客人的丈夫微笑着说:"在结婚那天,我想,为了将来的幸福我要容忍汤姆的一些缺点,当时我觉得10个缺点我还忍受得了。所以我决定在日记本上列出汤姆的10个毛病,对汤姆的这些毛病我绝不干涉或抱怨。"

"您列出的是哪10个毛病呢?"一位年轻女士急忙问。

希拉笑着摇摇头,"我一直没有时间把它们写下来。每次汤姆做了让我生气的事,我都对自己说,'这次算他运气好,犯的是我决定容忍的10个毛病之一,否则我决不饶他'。"

不要轻易去指责别人的缺点,因为每个人身上都存有缺点。如果别人惹你生气了,不要太在意,不要拿别人的错误来惩罚自己,否则受伤的永远是自己。学会包容,让自己的大度给别人改过的机会,这不管对自己还是对别人来说都是件好事。

周晓林

可乐杯倒了　○虞　姗

懂得处理情绪,才能保持健康心态,应对人生挑战。"不是吗?

朋友给我讲过他的一段故事。那是他人生的一段灰色记忆。

大学毕业后不久的那个夏天,对朋友来说可谓多灾多难:先是在家乡以运输为生的父亲出了车祸;接着是公司裁员,资历最浅的他被列入名单。这还不够,在大学就读的女友又来了分手信。心智还幼嫩的他,一时间仿佛觉得天塌地陷。可他生性骄傲,硬是咬牙离开了公司,给家里寄去了自己的生活费,心平气和地答应与女友分手。做完这一切,他一个人在大街上买了杯可乐。他一个人坐在遮阳伞下,看着一杯褐色的饮料,心情可想而知。可还没有等他喝上几口,一不小心竟将杯子打翻,可乐洒了一桌,也洒了他一身。就在那一瞬间,他突然泪流满面,压抑的情绪决堤了。

以后的事他没有讲,但我可以想象,由脆弱到坚强,由幼稚到成熟,正是从那杯可乐打翻了开始。

　　那段日子,他经历了那么多重大的事情,那样艰难地挺住,却在一杯可乐泼倒时崩溃了,这多么不可思议。他当然不是为可乐哭,其实是他的情感早已超载,那些沉重的负荷就在临界点边上苦苦支撑,而那杯可乐又加了一点小小的重量,于是,整个情绪像那杯可乐一样泼洒开来。可乐杯轻了,他的负荷也同样轻了。我想,是那次不经意的发泄使他能坚强地走下去,就像一个在沙漠中行走的人,卸下包袱才能更久地坚持。

　　后来我认识了一个女孩,用现在的话说,她是前卫的,不只言谈举止,更在思想上。我从没看过她伤心或者烦恼。她一直是敢说敢笑,总是以快乐一面迎人。我想不会有人没有心情低落的时候,于是我和她谈起这些。

　　她先是调皮一笑,然后回答说:"我把情绪都处理在家里。"接着她给我讲述了她发泄情绪的方法。原来她也有很多时候因为一些事情情绪变得很糟,这时她会想办法在家中治疗。她的做法是先在浴室泡个澡,还要像小时候一样玩水,多感觉一下童年的无忧无虑;然后给自己准备一顿丰富的晚餐,在灯光幽暗的客厅里,边吃边看 VCD,选的都是催人泪下的影片,看到动情处让自己好好哭一场,把白日里积压的委屈趁机发泄出来。她说,这些都做过以后,心里会轻松很多,身体也不疲惫了,再睡个好觉,等明早起床一切都会变得崭新。

　　真是聪明而有趣的方法!下次心情低落的时候,我也想试试。在当今这个压力越来越大的社会,人真是很难总保持一个良好的心态。看来发泄情绪真是必不可少的,用文中第一位朋友的话来说:"懂得处理情绪,才能保持健康心态,应对人生挑战。"不是吗?

在生活中,我们都会遇上很多不如意的事情,这个时候我们的心情通常会很糟糕,但不同的是每个人处理糟糕情绪的方法都不一样。有的人把自己的糟糕的情绪发泄在别人身上,不仅影响别人的心情,还会给自己惹来更多的麻烦。其实到公园散散心,跑跑步,邀同学一起打场球,都是很好的应对方法。

李 俊

妒忌:心灵的地狱 ○ 杨春晓

嫉妒是心灵的地狱。嫉妒的人总是拿别人的优点来折磨自己。

有一个人,非常嫉妒他的邻居,他的邻居越是高兴,他越是不高兴;他的邻居生活过得越好,他越是不痛快;每天都盼望他的邻居倒霉,或盼望邻居家着火,或盼望邻居得什么不治之症,或盼望下雨天雷能窜进邻居家,劈死一两个人,或盼望邻居的儿子夭折……然而每当他看到邻居时,邻居总是活得好好的,并且微笑着和他打招呼,这时他的心里就更加不痛快,恨不得给邻居的院里扔包炸药,把邻居炸死,但又怕偿还人命。就这样,他每天折磨自己,身体日渐消瘦,胸口就像堵了一块石头,吃不下也睡不着。终于有一天他决定给他的邻居制造点晦气,这天晚上他在花圈店里买了一个花圈,偷偷地给邻居家送去。当他走到邻居家门口时,听到里面有人在哭,此时邻居正好从屋里走出来，看到他送来一个花圈，忙说："这么快就过来了，谢谢！谢谢！"原来邻居的父亲刚刚去世。这人顿觉无趣，"嗯"了两声，便走了出来。

这个故事中的主人公就是出于嫉妒，把自己置于一种心灵的地狱之中，折磨自己。但折磨来折磨去，却一无所得。

嫉妒是心灵的地狱。嫉妒的人总是拿别人的优点来折磨自己。别人年轻他嫉妒，别人长相好他嫉妒，别人身材好他嫉妒，别人潇洒他嫉妒，别人有才学他嫉妒，别人富有他嫉妒，别人的妻子漂亮他嫉妒，别人学历高他嫉妒……德国有一句谚语："好嫉妒的人会因为邻居的身体发福而越发憔悴。"所以，好嫉妒的人总是40岁的脸上就写满50岁的沧桑。

好嫉妒的人往往自大。因为自大，想高人一等，所以就容不下比他强的人。看到周围的人有超过自己之处，要么设法去贬低，要么设置陷阱去坑害对方。

好嫉妒的人必然自私，自私的人必然嫉妒。嫉妒和自私犹如孪生兄弟。法国作家拉罗什富科就曾说过："嫉妒是万恶之源，怀有嫉妒心的人不会有丝毫同情"，"嫉妒者爱己胜于爱人。"因为嫉妒，他不希望别人比自己优越；因为自私，他总是想剥夺别人的优越。

好嫉妒的人从来不为别人说话。好嫉妒的人，因为容不下别人的长处，所以他就通过说别人的坏话来寻求一种心理的满足。

好嫉妒的人没有朋友，因为他容不下别人的长处，而每个人都有自己的长处，所以他就把所有的人视为自己的敌人，以冷漠的目光注视别人。

嫉妒害己又害人。从自身来讲，嫉妒伤身，嫉妒使人把时光用在阻碍和限制别人上，而不是潜心于自我的开发。就他人而言，嫉妒者的流言、恶语、陷害、阻挠、拆台、造谣等，往往对被嫉妒者造成恶劣的后果。在中国古代,庞涓嫉妒孙膑、李斯嫉妒韩非子、潘仁美嫉妒杨令公等,都是以害人开始,以害己结束。

总而言之,嫉妒不仅折磨嫉妒者本人,也危害被嫉妒的人。中国古代有副对联,叫做"欲无后悔须律己,各有前程莫妒人"。希望好嫉妒的人经常诵读此联,不断反省自己,改善自己的品性。

情绪悟语

　　嫉妒或许是因为自卑,或许是因为羡慕过度了。羡慕就像我们削好的铅笔头,它可以促使我们积极地去书写人生;但嫉妒就是铅笔头削得过尖了,容易断,还容易刺伤自己,刺伤别人。有些事情做得恰当就好,我们对于别人的美好可以去羡慕,但是不要用嫉妒的目光看人,那样只会伤人伤己,而不会对我们的人生有任何益处。

◆ 李俊

用牙咬断了17株树　◎佚 名

　　　　正如一位诗人所说:忧伤来了又去了,唯我内心平静常在。

　　美国总统罗斯福年轻时体力比不上别人。有一次,他与人到白特兰去伐树,到晚上休息时,他们的领队询问白天每人伐树的成绩,同伴中有人答道:"塔尔砍倒53株,我砍倒49株,罗斯福这个笨蛋只砍倒了17株。"

　　虽然同伴说的是玩笑话,但对罗斯福来说可确实不怎么顺耳,当罗斯福就要发怒时,他突然想到自己砍的树的确很少,简直和老鼠筑巢时咬断树基一样,不禁笑着说:"你说得不对,我是用牙齿使劲咬断了 17 株。"

罗斯福是一个善于控制自己情绪的人。他以幽默的方式心平气和地面对自己的不足和他人的攻击,体现了他非同寻常的忍耐力和大度宽容的胸怀。

事实上,凡是由情绪控制其行动的人,都是弱者,真正的强者会迫使他的行动控制其情绪。一个人受了嘲笑或轻蔑,不应该表现得窘态毕露,无地自容。如果对方的嘲笑中确有其事,就应该勇敢幽默地承认,这样对你不仅没有损害,反而大有裨益;如果对方只是横加侮辱,盛气凌人,且毫无事实根据,那么这些对你也是毫无损失的,你尽可幽默对待,这样越发显现出你人格的高尚。

能否很好地控制自己的情绪,首先取决于一个人的气度、涵养、胸怀、毅力,其次就是要掌握其他的一些缓和情绪的方法,幽默就是其中重要的一种。历史上和现实中气度恢宏、心胸博大的人都能做到有事断然、无事超然、得意淡然、失意泰然。正如一位诗人所说:忧伤来了又去了,唯我内心平静常在。

情绪悟语

我们要做情绪的主人,而不要做情绪的奴隶,如果我们被自己的情绪所驱使,那么我们也就好像"奴隶"一样被控制住了。被情绪所控只能使我们所面临的状况越来越糟,当我们真正摆脱情绪的"枷锁",随心所欲地驾驭情绪的时候,我们才能够真正长久地拥有快乐。

○陈军

最大的魔鬼是自己

> 张世普

大卫·莫恩是伟大的,他能认准方向,不畏艰辛,冲破重重迷雾找到传说中的魔鬼——德拜夏尔号。

德拜夏尔号是英国历史上最大的一艘船。它体积相当于泰坦尼克号的两倍,面积超过 3 个足球场,驻足在这艘轮船的甲板上,任何人都会感到非常安全。当时几乎所有人都认为它设计完美,能抵挡任何已知的飓风。

1980 年 9 月,德拜夏尔号已经在海上航行了 4 年,正是机械状况最为理想的时期。9 月 8 日,这个庞然大物驶入日本冲绳海域时遇上了飓风。9 日上午 10 点 19 分,船长向陆地通报德拜夏尔号正在每小时 100 公里的狂风和 9 米的巨浪中前进。但是,像德拜夏尔号这样的巨轮应该可以抵御比这更大的飓风,所以船长丝毫没有担心,他通过广播告诉人们:他们会迟一些到达港口,最多不过几天而已。然而不久,这艘豪华巨轮及全体船员连同装载的 15 万吨铁矿石,却在距日本冲绳海岸 200 海里的地方与外界永远失去了联系,那里正是有"魔鬼海域"之称的日本龙三角海域。

巨大的德拜夏尔号怎么可能连求救信号都来不及发出就消失了呢?当时众说纷纭,主流解释是这片海域存在着不为人类所知的自然力量,而其他诸如外星人劫持、海洋怪兽兴风作浪等等传说更是光怪陆离不可胜数。一名失事船只搜寻专家大卫·莫恩不相信这些说法，1994 年 7 月，他力排众议，率领海洋科技探险队向魔鬼海域进发，寻找德拜夏尔号沉船残骸，因为他知道只要找到德拜夏尔号，一切谜底就会被揭开。没有人重视这次行动，人们似乎更愿意相信神奇的传说，因为那是解释世界上任何未解之谜最简单的方式。

大卫·莫恩带领的搜寻小组的全部经费只能在海上支持 8 天。他们全部的希望仅仅是一条渺茫的线索：搜救飞机曾在德拜夏尔号最后出现的不远处发现了油渍。搜寻小组连续 7 天没有任何收获，第 8 天，就在即将返航的最后时刻，潜水机器人终于找到一些发光铁矿石，而铁矿石正是德拜夏尔号沉船时所装载的货物。之后海水下的声呐探测器传输回来的图片将德拜夏尔号的最后一刻显示给人们：它变形、断裂为 3 截。电脑模拟还原了当时的场景：飓风没有引起大家的警惕，海上形成的两个涌浪将德拜夏尔号架起来，船上的人们毫不知情，悬空的德拜夏尔号被自己的重力压成了 3 截。整艘巨轮迅速下沉，海水的重力把它挤压变形，这可怕的一刻只有短短几分钟时间。当人们发现危险时，已经来不及逃生和发出求救信号。

原来德拜夏尔号毁于自身过度庞大和过度自信。大卫·莫恩是伟大的，他能认准方向，不畏艰辛，冲破重重迷雾找到传说中的魔鬼——德拜夏尔号。德拜夏尔号的悲剧引发了自此以后船只安全特性的改进，这些特性在新造的船只中被标准化，同样的悲剧不会再重演。然而，现实生活中，又有多少人还浑然不觉，任欲望无休止地膨胀下去，以致让生命超载呢？

人生之旅中，有时对于我们来说，最大的魔鬼其实是自己。

曾芸芸

当倾盆大雨让我们成为落汤鸡的时候,我们总会埋怨糟糕的天气,而不会认识到是自己没有带伞才造成了这样的窘境。其实,外界环境的恶劣不是造成我们走入困境的根本原因,那些"风雨"能够影响我们,但不能够决定我们。错不在"深渊",而在于我们没有及时止步。

麦当劳总裁的心理锦囊 ▷陈明聪

如果一个想法开始出现时,唑!在它还未形成时就把它擦掉,之后我将全身心放松下来。

麦当劳公司总裁雷·克罗克不仅身患糖尿病、关节炎,而且胆囊被割除了,大部分的甲状腺也被切除了。但这位老总在自传中写道,面对身体的"残障"和52岁才起步的事业,他仍能取得巨大的成功,主要得益于他自我暗示的神奇效果。他说:我学会不让任何问题压垮我。我不需要在一段时间内过多地担忧一件事,我也不会为一个问题不必要地烦躁,哪怕这个问题有多重要,它也无法阻止我安然入睡。这些说起来容易,做起来难。我好像读过一本有关这方面的书,我不记得了,但是我制订出了一套计策,一旦我该上床睡觉时,我就要缓和紧张的神经并把那些在我脑中盘旋的问题抛诸脑后。我很清楚,如果我做不到这些,第二天早上我就不可能精神抖擞地同我的顾客谈生意。

　　我常设想我的大脑是个写满了信息的黑板,其中大部分的信息都是十万火急的,我又想象有那么一只手,手里握着一个黑板擦,它很快就把黑板擦得干干净净。我要让自己的大脑完全一片空白。如果一个想法开始出现时,唑!在它还未形成时就把它擦掉,之后我将全身心放松下来,先从脖子开始,之后是肩膀、手臂、躯干、大腿、脚尖。这时我就会悄然睡去。另外我还学会快速完成这个过程。别人都会惊奇地发现我精力充沛地忙碌一整天,我一天要工作12至14小时,之后要应酬一些重要的顾客直到凌晨两三点,早上一起床就要准备去争取下一个客户,我的秘诀就是尽可能抓住休息的每一刻。据我估计,我每晚睡觉的时间平均为6个多小时。很多时候只能睡4个小时或还不到4个小时,但是我的睡眠质量和我的工作质量都一样高。

　　雷·克罗克的方式以身体放松先行,然后,精神的松弛逐步进行。与雷·克罗克放松方式相类似,目前比较流行的一种放松技巧是:平躺在地板或床上,或者舒舒服服地坐在一张沙发上,闭上眼睛,深呼吸10次,尽量放松身体的各部分,先从脚开始,最后到头部。一旦你感觉到全身松弛下来了,你就开始重复你自己的自我暗示,逐渐使身心彻底放松,直到取得理想的效果为止。

情绪悟语

　　夜幕降临的时候,躺在床上总是容易想很多的事情。其实,我们应该放下所有的负担,让自己一身轻松地去休息。这样,才能够得到一个精神焕发的自己,才能够有充足的精力去做应该做的事情,比如学习。

曾芸芸

别致的宣泄 ◎刘国学

每个人的个性不同,找到的排解方式肯定也各不相同,其中肯定有不少别致之作。

人若有痛苦或愤怒,总要宣泄一下,方法多种多样,常见的痛哭控诉、借酒消愁、撒泼骂街、摔打家具等都有害无益,或伤身体或伤别人,倒不如找一些有益无害或无益无害的宣泄方式来排解。

朋友吴君,每当在外面受气或在家与妻吵架后,其他事一概不做,就会坐在缝纫机前,找几根长布条没有目的地胡乱缝纫。这缝纫有声有形,密集的声音在吴君感觉里像子弹密射,而那针脚下吐出的布条,就像在吐出恶气。缝纫时,手脚都不闲着,很恰当地消耗了能量。踏上半小时缝纫机,心也平了,气也顺了。吴君的妻子半时总要准备一些破布条。吴君一缝纫,家里的其他东西就不会遭殃。

又有朋友卞君,他的宣泄方式更加高雅。只要心情抑郁,憋闷难受,便在月黑风高之夜,找个幽深人静的地方,去高声朗读郭沫若的话剧《屈原》里的"雷电颂"。当他以排山倒海之势、雷霆万钧之力,把这雄文朗诵得惊天地鬼神泣之后,便神清气爽,昂首而归。

邻家女孩每每和男朋友生气,也有一特别的宣泄方式,便是撕纸,她认为那声音解气。常常是一张大报纸被她撕成细碎的纸片,她也不乱扔,都放在一纸盒里,甚是奇特。

笔者积几年之经验,认为宣泄心中的不快最好是拆毛衣。大概人在愤怒之时,总有一种破坏欲,哗啦哗啦地拆毛衣真是痛快淋漓。如果没有毛衣拆,狠劲打毛衣,效果也不错,两根竹针上下翻飞,针尖对针尖戳啊戳,气也渐渐消了。

　　每个人的个性不同,找到的排解方式肯定也各不相同,其中肯定有不少别致之作,大家不妨交流一下,如何?

情绪悟语

○张洋

　　在漫长的人生道路中,人们除了日常生活中常有的平淡抑或是欢喜,还有一些是需要及时排解的愤怒与痛苦。而这些不良的情绪也许来自内心,也许来自身体的病痛,我们的排解方式有很多种,可选择的也有很多。只要我们不会伤害自己和他人,在过后平静下来不会后悔,那就是一种别致的宣泄。

别让嫉妒毁了你　　○沈岳明/译

　　因为给它加入了人类的嫉妒因子,所以它总是这山望着那山高,总以为别人的东西都是好的。

　　一连几天,我的心情都不是很好。情绪烦躁,吃不香睡不好,不佳的心理状况直接导致我的健康每况愈下。我心里很清楚,我原本是很健康的,自从克里奇搬来和我成为邻居后,我就变成了现在这个样子。

　　克里奇和我开着一样的凯特汽车,没想到前不久他竟然买了一辆新的劳斯莱斯,那可是我梦寐以求的汽车啊!我知道自己的经济能力还没达到享受劳斯莱斯汽车的程度,但每天看着邻居神气的样子,我的心里实在不好受。

我的朋友莱克斯劝告我,养一只小狗吧,这样也许会让我慢慢好起来。莱克斯给我送来了一只小狗,小狗很可爱,名叫汤姆。我给汤姆买了很多好吃的香肠。刚开始的时候,汤姆还吃些香肠,自从见到了克里奇,它便再也不肯吃我买的东西了。

汤姆总是用爪子去敲克里奇的门,有一次克里奇给了它一根香肠,很快便被汤姆吃得精光。从此,汤姆几乎每天都会去克里奇家要一些食物来吃。这样过了一段时间后,克里奇只得摊开双手,表示他家里已经没有好吃的东西了。可是汤姆并不甘心,依然不停地用爪子去敲克里奇的门。于是克里奇只好拿来一些吃剩的冷面包。令我吃惊的是,连我给的香肠都不肯吃的汤姆,竟然会吃邻居克里奇给的冷面包!

莫非汤姆吃腻了好东西,喜欢上了冷面包?可是当我给汤姆冷面包的时候,它却连看都不看一眼!我实在没办法了,只好带着它敲开了克里奇的家门。我说:"克里奇先生,这只狗好像跟你很有缘,不如你就收养了它吧。"克里奇有些惊喜地问:"你是说,将汤姆送给我?"我说:"是的,因为它现在不吃我的东西,它只吃你的东西。"尽管我的心里很不愿意,但还是将汤姆送给了克里奇,克里奇高兴地收养了汤姆。

还没过几天,汤姆便用爪子来敲我的门。我给了它一根香肠,它很快便吃了个精光。当汤姆吃完了我买的所有香肠和狗粮后,我再也不想给它买任何吃的东西了。因为它已经不属于我,而属于我的邻居克里奇。

那天当我开车去上班的时候,我看到克里奇在后面追了上来。克里奇焦急地问:"您家里还有香肠吗?"我摇了摇头。克里奇接着问:"狗粮也没有吗?"我又摇了摇头。"那么,"克里奇再次问,"您家里难道连吃剩下的冷面包也没有吗?"

后来,汤姆还是被我的朋友莱克斯带走了。莱克斯告诉我,这是科学家最新试验出来的一种狗,因为给它加入了人类的嫉妒因子,所以它总是这山望着那山高,总以为别人的东西都是好的。朋友莱克斯送给我那只狗的用意实在很明显,也很让我汗颜。

我和邻居克里奇恍然大悟。我当即向克里奇道歉说:"对不起,我不应该嫉妒你的劳斯莱斯汽车。"令我意外的是,克里奇居然也向我道歉:"应该说对不起的是我,哈里先生。我嫉妒你家的房子比我的漂亮,所以我将自己原来的汽车外加一个后花园卖了,才买来一辆劳斯莱斯汽车,想让自己的心理得到一点平衡。"

俗话说,妒火烧身。如果让嫉妒占据了整个心胸,人生中便少了快乐,多了郁闷,甚至会伤人伤己。所以,如果想成功地驾驭人生这只在大海里飘荡的帆船,豁达的处世态度是非常重要的。

情绪悟语

　　嫉妒是不可取的,它源于我们的攀比。但总有人的玩具比我们的好,总有人的衣服比我们的漂亮,我们有没有想过,自己有的很多东西也是别人没有的?就像文中换来"劳斯莱斯"的代价是自己的另一辆汽车和漂亮的后花园。一味地嫉妒只会让自己徒增悲伤,多多珍惜自己所拥有的就好。

李俊

懂得处理情绪，才能保持
健康心态，应对人生挑战。

第 **5** 辑

能走多远走多远

　　成功不是轻而易举的,有时候,你觉得自己已经尽了最大的努力了,但离成功还是很远。不管前方的路有多么渺茫,不管以后还有多少未知的坎坷,成功是我们心中的目标,既然已经踏上征程,让我们能走多远就走多远吧!

在希望中快乐 ❯刘 娟

海蒂永远不会知道正是她的五毛七分小钱奠定了大教堂的基石,实现了一个宏大的愿望。

博物学家威尔森的书中记载了这么一件事。1883 年 8 月 27 日,克拉克托岛上的火山爆发,不但死了三万人,整个岛上的生物也全部死光,还引起了一连串的海啸。九个月后,一支法国探险队上岛搜寻有没有任何生命迹象,结果整个荒凉的岛上,只发现了一只很小的蜘蛛,就它一只而已,正在织网。这只小蜘蛛是乘着风降落在岛上的。整个岛上就它一个而已。一只可怜的小蜘蛛,命运给它开了这么个玩笑,它却没有抱怨,没有坐以待毙,而是努力去做自己能做的事——织网。这可敬的蜘蛛正用他所能为的努力赢取生存的希望。

费城有个叫海蒂的小女孩,去教堂参加活动,由于教堂太小,容不下太多人,她和许多小孩都无法参加活动,失望的离去。两年后,海蒂因病去世。父母在她的枕头下发现一个破旧的小钱包,里面装着她攒下的五毛七分钱,另外还有一张纸条,写着:"这笔钱用来盖大一点的教堂。"海蒂的事感动了很多人,他们纷纷为新教堂提供土地和资金。今天,费城的教堂座位可容纳 3300 人。海蒂永远不会知道正是她的五毛七分小钱奠定了大教堂的基石,实现了一个宏大的愿望。

在我们人生旅途中总会遇到阴天雨天,我们以为看不到未来,我们觉得前途渺茫,我们悲伤、焦虑、恐惧,甚至绝望,可那有什么用呢? 还不如在心底坚定不移地高举希望的旗帜,着手做我们可以做的看起来似乎很不起眼的小事,未来正是孕育在这些点滴的小事中。

 情绪悟语

　　当那些不好的事情落在自己头上,我们总是会很难平复自己悲伤的心情,好似被黑暗笼罩。其实,黑暗过后就会有曙光,只要快乐地坚守这丝希望,黎明就不远了。

▶陈 军

转 念 之 间　▷流　沙

　　自己何必如此痛苦呢? 我真的不能多等待几分钟吗? 我难道不能像司机那样快乐吗?

　　又到十字路口了,前面红绿灯显示牌显示还有 20 秒——马上要变红灯了,我在心里暗暗喊:"快点快点!"偏偏车慢吞吞地滑动着,在红灯前停止,又一轮等待开始了。

　　我心里开始怨恨这糟糕的司机,突然有种想指责他的冲动。司机却拧开了收音机,一段舒缓的音乐在车厢里响起,他取过一张报纸,哗啦哗啦地翻着。转眼看看车内的人,个个面无表情,有的在打瞌睡,有的盯着窗外某个地点。我突然觉得时空感消失了,这里的氛围太压抑了,只有那个司机,是快乐的,他开始跟着收音机的音乐浅浅哼唱。

我所看到的公交车司机大都是"苦大仇深"的,很少有这样的。但这位却给人耳目一新的感觉。我看到了后视镜中自己的模样,满脸疲惫,头发零乱,我都为自己吃了一惊,不就是一个小时的车程,自己何必如此痛苦呢?我真的不能多等待几分钟吗?我难道不能像司机那样快乐吗?

情绪悟语

焦虑的时候为什么不让美妙的旋律来缓解自己的心情呢?为什么要让那些糟糕的事情来弄糟自己的心情呢?这个时候我们只要把自己的视线从那些"糟糕"上挪开,去看看窗外美丽的风景,心情就会大不一样了。

●张洋

要想到自己的翅膀　❯曾昭安

> 托尔斯泰的女婿听了后,恍悟其中之理,深受启发和鼓舞。

一年冬天,俄国大文豪列夫·托尔斯泰的女婿去看望他,只见托尔斯泰全神贯注地望着窗外,便问岳父在看什么。托尔斯泰回答说:"我在看大树枝上的乌鸦,现在这只乌鸦就是我的老师。"

托尔斯泰的女婿听了,感到不甚理解。托尔斯泰解释说:"因为它教会我如何生活。"

托尔斯泰顿了顿,接着说:"原因是这样的,今天早晨,我心情特别沉重,我为我们家庭的不和睦而难过。我觉得我生活中的一切都不理想,处境困难,连出路都没有了。于是,我来到这儿,开始思考:我该怎么办?可是,我一点儿好办法也没想出来。我望着窗外,突然看见了我的朋友——这只乌鸦。它飞到树枝上,又开始走动起来。当它走到枝头,面临危险时,便将翅膀一张,向上飞起。我头脑中马上闪现出一个念头:我不是也应该像乌鸦那样去做吗?当生活不如意、处境很困难时,也应该向上飞。于是,我做了尝试。我设想我在向上飞起,飞越所有使我苦恼、使我难过的事情。当我想到自己像只鸟儿一样展翅高飞时,我心里就觉得平静、舒服多了。"

"我劝所有的人都要想到自己的翅膀,要向上高飞。"托尔斯泰继续说,"有的小人物有时看来完全缺乏意志力,一事无成,可是一旦时机来到,他突然建树了伟大的功绩。这就是他的翅膀的作用,翅膀的力量。"

托尔斯泰的女婿听了后,恍悟其中之理,深受启发和鼓舞。

朋友,当你生活不如意、工作不顺利、处境困难时,你想到自己的翅膀了吗?

情绪悟语

每个人都有一双隐形的翅膀,只是很多人不知道怎么去运用它。当遇到困难、生活不顺心时,我们就要挥动翅膀,远离这些烦恼,去寻找快乐和希望。只要我们有一颗上进的心和积极的态度,忧愁就阻碍不了我们前进的步伐。

◎张洋

你努力了吗 崔鹤同

> "无论何时,只要你努力尝试,就不会失败。"果然,男孩渡过了难关,攀上了事业的新峰巅。

1927 年,美国的阿肯色州密西西比河大堤被洪水冲垮,一个 9 岁的黑人小男孩的家全葬入水底,幸好在洪水即将吞噬男孩的一刹那,母亲用力把他拉上了堤坡。

1932 年,男孩 8 年级毕业了,但阿肯色城的中学不招收黑人,他要到芝加哥城读中学,可是家里没有那么多钱。这时,母亲作出了一个惊人的决定,让男孩复读一年,而她为整整 50 名工人洗衣、熨衣和做饭,为孩子攒钱上学。

1933 年夏天,家里凑足了那笔血汗钱,母亲带着男孩踏上火车,奔向陌生的芝加哥。在芝加哥,母亲靠当佣人谋生。男孩以优异的成绩中学毕业,后来又顺利地读完了大学。1942 年,他开始创办一份杂志,但最后一道障碍,是缺少 500 美元邮费,向可能的订户发函。一家信贷公司愿意借贷,但有个条件,得有一笔财产做抵押。母亲曾分期付款好长时间买了一批新家具,无疑这是她一生最心爱的东西了。但她最后还是同意将家具做抵押。

1943 年,那份杂志获得了巨大成功。男孩终于能做自己梦想多年的事了:将母亲列入他的工资花名册,并告诉她算是退休工人,再不用工作了。那天,母亲哭了,那个男孩也哭了。

后来,在一段反常的日子里,男孩经营的一切仿佛都坠入谷底,当时的巨大困难和障碍让男孩觉得仿佛已无力回天。他心情忧郁地告诉母亲:"妈妈,看来这次我真要失败了。"

"儿子,"母亲说,"你努力试过了吗?""试过。""非常努力吗?""是的""很好。"母亲以断然的语气结束谈话,"无论何时,只要你努力尝试,就不会失败。"果然,男孩渡过了难关,攀上了事业的新峰巅。这个男孩就是驰名世界的拥有三家无线电台的美国《黑人文摘》杂志创始人、约翰森出版公司总裁约翰·H.约翰森。

情绪悟语

　　当事情看上去毫无转机的时候,我们是否尽了最大的努力? 答案往往是否定的,其实只要全力以赴去解决问题,总会找到办法。所以,不要轻易放弃自己的希望,收拾好心情,把所有的精力投入困境的"战斗"中吧。

○张洋

长长的夜路　　　○李维明

　　只要我们心中有曙光,让梦想与自己同行,心就不会在黑夜里恐惧了。

　　五年前的一个深夜,第三次失业的小王从廉价骚乱的电影夜场出来,跟上了一位夜归的女孩。暗淡的灯光下,女孩孤单而惊恐,但她还是笑着打了招呼:"你好,你也怕坏人吗? 我们一起走吧!"

　　小王体内窜动着的几乎失控的邪念顿时消失了,他和女孩肩并肩走了长长的一段路,这让他想起了青春岁月里那些奋发向上而充满激情的日子。他把女孩送到了一所高校门口,而后愉快地相互道别。女孩笑着说:"谢谢你陪我走了这么长的一段夜路。"

现在,小王成了经理,坐在光亮宽敞的办公室里,他由衷地感激那个不知名的女孩:"谢谢你带我走过那么长的一段夜路。"

情绪悟语

在灰暗的日子里,我们都会害怕,害怕被黑夜吞噬,害怕找不到前面的路。这时候我们需要找一个人"相伴而行"来增添自己的勇气。其实,夜再黑也不会有魔鬼,只是如果我们心里装了"魔鬼"的话,它就会时不时跳出来吓一吓我们。所以,只要我们心中有曙光,让梦想与自己同行,心就不会在黑夜里恐惧了。

李俊

能走多远走多远 ▷南 北

> 既然已经上路,已经在走,灵山就在心中,佛陀就在眼前了。

有师徒两位僧人,从很远的地方去灵山朝圣。一路上一边化缘一边赶路,日夜兼程,不敢稍有停息。因为在行前,他们发了誓愿,要在佛诞日那天赶到圣地。作为僧人,最重要的就是守信、虔诚、不妄语,更何况是对佛陀发的誓愿呢!

但在穿越一片沙漠时,年轻的弟子却病倒了。这时离佛诞日已经很近,而他们距灵山的路还有很远。为了完成誓愿,师父开始搀扶着弟子走,后来又背着弟子走,但这样一来,行进的速度就慢了许多,三天只能走完原来一天的路程。到了第五天,弟子已经气息奄奄,快不行了,他一边流泪一边央求师父:"师父啊,弟子罪孽深重,无法完成向佛陀立下的誓愿了,并且还连累了您,请您独自走吧,不要再管弟子,日程要紧。"师父怜爱地看着弟子,又将他背到背上,边艰难地向前行走边说:"徒儿啊,朝圣是我们的誓愿,灵山是我们的目标。既然已经上路,已经在走,灵山就在心中,佛陀就在眼前了。佛陀绝不会责怪虔诚的人,让我们能走多远走多远吧……"

情绪悟语

　　每个人心中都有梦想,那是对自己的承诺。梦想不是那么容易实现的,但只要我们每个人对自己和他人都怀有一份责任,坚持不懈地努力走下去,就会离梦想越来越近。人的能力有大小,影响成败的客观因素也有很多,只要我们心中一直为那样一个承诺而努力着,我们就是最虔诚的,最快乐的。

周晓林

与疾病较量　◎蒋　平

> 因为疾病时刻让他感受到死亡的威胁,这种威胁又时刻让他感觉到时光的宝贵。

有这样一位病恹恹的美国人。

3 岁时,他得了严重的猩红热,在医院一躺就是数月。后来靠一剂强心针,勉强摆脱了死神的纠缠。

18 岁时,他又染上一种怪病,住进波士顿的一家医院。在写给朋友的信中,身心疲惫的他流露出了绝望:"也许,明天你就得参加我的葬礼了!"

26 岁时,他通过隐瞒病史参加了海军。在与日本人的一场海战中,他所在的军舰不幸被击沉,最后他靠身边的一块木板捡回了一条命,但却落下了更严重的后遗症。

30 岁时,他去英国出差,突发虚脱昏倒在一家旅馆里。当时,英国最高明的医生断言:他最多只能活一年。

37 岁时,他身上多种病症并发,长时间卧床不起。

……

可就是这样一位从小到大百病缠身,快要接近废人的人,却从平民百姓起步,从工人、军人、作家再到议员,在 43 岁那年,成为美国历史上最年轻的总统,他就是约翰·肯尼迪。

很难想象,在公众场合精力充沛,风流倜傥的肯尼迪竟然是个药罐子。而事实的确如此,在他各个发病期的主治医生都见证了这一点,同时,他们也见证了肯尼迪各个发病时期孜孜不倦的勤奋。病床上,他的身边随时堆满了书籍和笔记本。35 岁那年,他在病床上创作的描写二战期间的专著《勇敢者》荣获了当年的普利策奖。就是在当了总统之后,有时病得无法办公,他就躺在疗养室的温水池里阅文件、下指示——因为疾病时刻让他感受到死亡的威胁,这种威胁又时刻让他感觉到时光的宝贵。因此,在有限的生命中,他废寝忘食,快马加鞭,成为美国历史上最有影响力的总统之一,被誉为"与时间赛跑的人"。这不能不说是一个奇迹。

情绪悟语

张洋

很多人生活得很幸福,但却浑然不觉,都认为自己的生活平淡无奇。其实,对于很多人来说,没有遭遇"不幸"就是幸福。所以我们要珍惜身边的日子,即使遇到些许不幸,我们也要坚强,也要与那些"不幸"作斗争,因为我们谁都不愿意做一个失败者,更何况是败给"不幸"。

悲观者与厨师　◎佚 名

悲观的人笑了,他知道了朋友的良苦用心,也领悟了逆境对于人生的意义。

从前,有一个悲观的人,对生活充满了抱怨。在他看来,不管做什么事都非常难,一个问题刚解决,又会出现新的问题。他不知该如何应对生活,已经厌倦抗争和奋斗,想要自暴自弃了。

他有一位朋友是厨师,得知这个情况后,想帮助他振奋起来,就把他带进厨房。厨师先把水倒入三口锅里,然后把它们放在旺火上烧。没过多久,锅里的水烧开了。厨师将准备好的胡萝卜放入第一口锅里,将鸡蛋放入第二口锅里,将碾成粉末状的咖啡豆放入最后一口锅里。厨师将它们浸入开水中煮,一句话也没有说。

悲观的人咂咂嘴,心里嘀咕着:他究竟要干什么? 大约20分钟后,厨师把火关了,把胡萝卜捞出来放入一个碗内,把鸡蛋捞出来放入另一个碗内,然后又把咖啡舀到一个杯子里。这些事情做完以后，厨师才转过身问他："老朋友，你看见什么了？"

"胡萝卜、鸡蛋、咖啡。"他回答。

厨师让他走近一些，用手摸摸胡萝卜。他伸出手来摸了一下，注意到它们变软了。厨师又让他拿起煮好的鸡蛋，并将它打破。将壳剥掉后，他看到的是只煮熟的鸡蛋。最后，厨师让他把杯中的咖啡喝掉。

品尝着香浓的咖啡，悲观的人疑惑地问道："这意味着什么？"

厨师解释说，这三样东西面临同样的逆境——煮沸的开水，但它们却做出了不同的反应。胡萝卜在没有放进锅之前是结实的，强壮的，但进入开水之后，它变软了，变弱了。鸡蛋原来是易碎的，但是在开水中煮过以后，它的内脏变硬了。而粉状咖啡豆则很独特，进入沸水之后，它们却将水改变了。"你愿意做它们中的哪一个呢？"厨师问他，"当你遇上逆境时，你该如何反应？"

悲观的人笑了，他知道了朋友的良苦用心，也领悟了逆境对于人生的意义。从此，这位悲观的人逐渐变得坚强起来，微笑着面对生活中的每一天。

情绪悟语

对于逆境，每个人会有不一样的态度。有人看似坚强，就像"胡萝卜"，但在困境中不堪一击；有人看似脆弱，就像"鸡蛋"，但是遇到了苦难便坚强了起来；还有些人把自己变成了"咖啡豆粉"，先把自己融入进环境中，再把这样的逆境改变了。你要选择什么样的结局，全在于我们面对困难的态度是什么。

李俊

没有伞，就跑 ◎杨海亮

> 生活其实就是这样简单。每个人都不可避免地要遇上没有伞的雨天，当雨天来临时。

3 年前，我只身来到广州，寄人篱下。

和众多刚毕业的学子一样，为了一份工作，我整日奔波在城市的大街小巷。买招聘报、挤公交车、投简历、等待……日子就这样毫无头绪地过着。

因为学历不高，专业不好，差不多两个月过去了，还没有一家像样的单位肯要我。从家里带的生活费很快用光，心情也一天比一天糟糕。想想依赖父母的日子，无忧无虑，到现在才体会到现实中生活的艰难。

灰色的日子因一个偶然的机会有了改变。那是个暮秋的傍晚，天下着雨，不算很大，却足以湿透人的衣服。我任雨水淋洗，漫无目的地行走在街道上，没有一丝躲避的意念。我把雨看成我生命的困境，躲是没有用的。

雨突然住了！恍惚中，我抬头望天，只见一把绿色大伞撑在我的头上。接下来，我听到有人对我说："没有伞，怎么不跑？"来不及转念，我看到举伞　母的关系网，我就只能成为流浪的孤儿？

中年男子送了我一程，从交谈中，我知道一次车祸夺去了他一条腿。这个打击使他一度悲观丧气，后来在亲人的劝慰下终于勇敢地活了下来,而且靠摆报摊挣钱,收入虽微薄,但至少能给家里减轻点负担。

面对这个男子,我没有怜悯,只有佩服。打开伞让别人躲雨,这是一种做人的境界,何况他还是一个残疾人。当然,触动我的还是那句话——没有伞,为什么不跑?

几天后,我去了一家超市做营业员,从最基本的活做起。一年后,我找到了自己喜欢的职业,换了一份工作。

生活其实就是这样简单。每个人都不可避免地要遇上没有伞的雨天,当雨天来临时,如果消极地承受淋漓之苦或者希望用别人的伞来为自己遮雨,那么注定这个雨天是漫长的;相反,如果想要摆脱,勇敢地向前方的目的地"跑"去,你会发现这个雨天并不长,只是在你意念之间而已。

所以,不要犹豫,不要徘徊,没有伞,就跑!

情绪悟语

在家里的时候,父母是我们的伞,为我们挡风遮雨;在学校的时候,老师是我们的伞,为我们指明方向。但是总有一天我们要自己承担风雨,承担压力和困难,这个时候我们只能依靠自己,让自己全力以赴地去"奔跑"。这样,我们才能够跑出头顶的那朵乌云,迎来属于自己的阳光。

张洋

第 **6** 辑

移不走石头就远离它

愚公意志坚韧固然不"愚",智叟只会取笑当然不"智";而农夫远离巨石重新安家,同样是一种明智之举。与其在一些短期内无法解决的难题上花费太多的时间和精力,不如绕开困难,换种思路。这种尝试,有时反而会收到奇效。

总会有人对你微笑　　▶包利民

她似乎看穿了我的心思,说:"你试试嘛!管别人那么多干吗?别人板着脸你就不笑了?你为谁活着?"

上大学的时候,由于来自偏远山村,家里又贫穷,所以我有着一种很深的自卑感,总是独来独往的。别人眼中青春飞扬、充满美好的大学生活对我来说只是一种远望的风景,自己根本无法融入其中。那时为了生活,我找过不少工作,在校门前的饭店刷过盘子,在工地上当过搬运工,后来又做家教。在接触到的形形色色的城市人之中,我发现他们都有一个共同点,那就是一种高高在上的冷漠。本来就很脆弱的自尊心在那一张张紧绷的面孔前一次次受伤,于是我开始用敌视的目光注视着城市里的每一个人。

有一次,在大街上为一家公司发放广告宣传单,那时候好像还没有部门管这种事,所以街上发传单的人特别多。每发出去 300 张就给 15 元钱,而且有人在暗中监视着你,看你是不是偷偷扔掉或者给一个人发了多份,看起来似乎很简单的事其实做起来是很难的。当我一次次地向行人发单子时,便要一次次地接受人们的厌恶。有的人会像赶苍蝇一样向我挥手,有的人会对我怒目而视,有的人根本看都不看我一眼,有的人则会冷冰冰地说一句"不需要!"便扬长而去。所以大半天下来,手里厚厚一摞宣传单根本没发出去多少。心情越发的烦躁,我正站在那儿生闷气,一个女孩的声音在耳边响起："嗨,你发了多少了?"

我抬头一看,是一个和我年龄相仿的女孩,她正微笑地看着我。

我抖一抖手中的单子,说:"还有这么多!"

她说:"你看!我全发没了!"哦?她也是发宣传单的?

她问:"那你还不赶快去发,站在这儿发什么呆呀?"

我说:"我发了一上午了,根本发不出去几张!"

她又问:"那你是怎么发的?"

我拿起一张宣传单向她递过去。她笑了起来,边笑边说:"像你这样发,能发出去才怪呢!"

我不解地望着她,她说:"你首先要微笑,然后说'您好',这才可以!"

什么?要我冲那些高傲的人微笑还问好?

她似乎看穿了我的心思,说:"你试试嘛!管别人那么多干吗?别人板着脸你就不笑了?你为谁活着?"听听也有道理,便想试试也好。

我又开始发宣传单,女孩一直跟着我,一开始我笑得很僵硬,"您好"也说得干巴巴的,人们都用惊异的目光看我。

女孩又说:"不要硬挤笑,要发自内心的,就像对自己的好朋友一样!"

我忽然对她很感激,便冲她笑了笑。

她说:"对,就是这种笑!你笑起来很温暖啊!"

我的心一热,便向行人迎了过去,果然一下子发出了好多张,可是人们的脸并没有因为我的微笑而解冻,依然是冷冰冰的。我向女孩抱怨人们的冷漠,她依然劝我不要在意别人的态度,我们的目的是为了把单子发出去。这时,一个中年妇女走了过来,我忙微笑着迎上去,说了声"您好",把宣传单递给她,她接过单子停下来看了一遍,抬头冲我笑了笑,说"谢谢",便走过去了。那一刻我竟然激动得不知所措,对女孩说:"她冲我笑了!她冲我笑了!"女孩回答道:"你会发现对你笑的人越来越多的!好了,我该走了,跟你说实话吧,我是公司派出来监视你的,你现在已经知道怎么做了,用不着监视了。再见!"她笑着走了。

我的心忽然充满了感动,那个中年妇女的微笑就像温暖我心中郁结多年坚冰的第一缕阳光,让我在流淌的温暖中明白。只要你微笑着去面对世界,就总会有人对你微笑;而心存冷漠,世界只会给你一堵冰冷的墙。就像阳光总会在千难万阻中照进来,一张微笑的脸会让世界变得生动无比。

用微笑去面对生活,生活总会于阴霾中对你绽放最美的笑脸!

情绪悟语

当觉得有很多人对我们报以冷漠时,我们是否想过自己给了世界一张怎样的脸? 微笑,暖如春天的阳光,甜如山间的清泉。当你给人以"春光"抑或是"清泉"的时候,大多冷漠的心都会被融化,会回之以同样的微笑。生活就像一面镜子,给予我们的都是它对我们的反馈啊!

曾芸芸

我丑，我重塑　家　玲

> 一个人的命运与美丑没有多大关系，即使你有再大的缺陷，只要你努力，完全可以重塑一个自我。

　　我是一个丑女孩儿，长得又矮又胖，初到深圳打工，同行的姐妹们都陆陆续续地进了厂，唯有我整天焦急地奔走在那毒辣辣的烈日之下。苛刻的招工条件就像选美似的："青春貌美，身高 1.60 米以上。"自卑的我连去试一试的勇气都没有。就这样，在深圳的大街上探头探脑地张望了几日，我的钱包瘪下去，生存的危机感袭上心头——我不能坐以待毙啊！壮着胆子像上战场一样到几家工厂去应聘。考官们那嘲讽的目光令我落荒而逃。在囊空如洗的时候，我鼓足勇气走向规模很小的"佳华制衣厂"碰碰运气。面对着威严的女老板，我忍不住一肚子辛酸，泪水像断了线的珠子一样往下淌。不知是我那张中专文凭起了作用，还是我的眼泪打动了老板，在一番测试后我成了制衣厂的一名员工。

　　虽然每月只有那微不足道的 300 元钱，但是我感到非常幸运满足——宽敞明亮的车间总比烈日烘烤下的大街强多了。

　　每天夜晚回到宿舍，同室的姐妹们便猫在被窝里展开了如何扮靓、追赶潮流的大讨论。这时，我只有把头埋在被窝里一言不发。一个丑女孩儿去谈美，岂不是自我嘲弄？平时姐妹们都不愿答理我，我懂得她们的眼神：与一个丑女孩儿交往那多掉价啊！一天夜里,我实在懊恼,便问邻铺的雯:"假若上帝赐予你美貌和才智,你选择什么?"雯不假思索地回答:"即使当傻瓜,我也要选择美丽。"雯的话仿佛一把锋利的刀子扎在我脆弱的心坎上,令我泪湿枕巾。

雯来自风景秀丽的江南水乡,长得眉清目秀,是我们厂的厂花。她的男朋友就像韭菜一样割了一茬又一茬。每天下了班,雯就开始浓妆艳抹,然后自鸣得意地去上街,沉默寡言的我却只有拼命地干活,没完没了地加班。每月我都能比同室的姐妹们多领几十元的加班费。其实,我并不在乎那每小时两元的加班费,我只想通过自己的勤奋学好技术,以博得姐妹们的认同。长得丑陋的我只有以这种方式来维护心底那可怜的自尊啊!

不久,老板获得雯旷工的消息后震怒了。在一次全厂员工大会上,雯被老板炒了鱿鱼。雯不屑地从财务科结了工资,高高地抬起她那张漂亮的脸从几百双艳羡的目光中从容地走过。听说她在外谋到了一份好工作,早就不想在这儿干了。漂亮就是通行证,拥有美丽的雯还愁找不到工作?

会后老板叫我到她的办公室。我心里一惊,一种不祥的预感笼罩着我。我忐忑不安地来到办公室,老板微笑着叫我坐下,开门见山地对我说:"小吴,几个月来,你的技术有了很大的提高,为我们厂树立了一个好榜样,我提升你当生产小组长怎么样?"我一阵惊喜,终于以自己的努力获得了老板的赏识。面对老板慈爱的目光,我踌躇了一会儿鼓足勇气把一直隐藏在心底的秘密告诉了老板:"老板,能不能让我跟厂里的师傅学搞服装设计?""打工妹想当白领?"老板脱口而出,"服装方面的知识你懂吗?"我没有退缩,而是与老板谈起了服装的款式、绘图、制板整套生产工艺。老板被我一番很内行的谈吐镇住了。她完全没有料到一个其貌不扬的女孩子竟对服装方面的知识了解得这样全面。这完全归功于我就读于服装专业班时扎实的专业知识。在外打工,我一直在寻找能施展自己才能的机会。

离开嘈杂的生产车间,跟着厂子里的江师傅学艺,我也付出了代价:工资没有了,每月只领60元生活费。老板说没有叫你缴学费就算便宜你了;江师傅对我满眼尽是鄙夷,我常被他大声地喝来斥去,支使得像个陀螺转不停。说白了,江师傅也只是老板的一个高级打工仔,在激烈的竞争中,人与人明显的有一种戒备心理,谁也保不准自己的饭碗不被别人抢去。我理解江师傅的心情,仍然对他毕恭毕敬。当我从工友们那儿打听到他的生日后,又特地为他在酒家订了一桌丰盛的烛光晚餐。平时在生活上,我也以一个女孩子特有的细腻对他关心照顾。时间久了,江师傅感觉到了我这个丑徒弟的真诚和好学,渐渐地改变了对我的态度,把他的看家本领悉数教给了我,还常以恨铁不成钢的口吻训斥我:"教上你这样一个笨徒弟把师傅的脸都丢尽了。"我满脸委屈,心底却对他充满了感激之情。

江师傅是深圳市颇有名气的服装设计师。跟着江师傅学艺我学到了不少真本事。有空的时候,我潜心研读自己用从牙缝里抠出的钱买的服装方面的书籍。两年后我已经可以自己进行服装策划、设计、制板整个生产工艺的制作。那年初秋,老板为了使本厂的服装能在市场中有绝对的竞争力,叫我和江师傅各自拿出一套设计方案。我憋足了劲,把自己关在小屋子里,竭尽平生所学,经过一个星期的构思、制作,我拿出自己的样品,老板被我新颖的设计吸引住了。

在以后的工作中,我把自己的才华淋漓尽致地挥洒,我的业绩也远远地超过了江师傅。不久我被任命为服装厂的设计师,住进了厂里的干部套房,拿丰厚的薪水,全厂的姐妹终于开始对我另眼相看——我以自己的不懈努力赢得了她们的尊敬。第一次领了高薪，我请同室的姐妹在餐厅共进晚餐，她们众星捧月般频频向我敬酒。席间我意外获得雯不幸的消息：雯被老板辞了以后走马灯似的换了几家工厂，现在在一家夜总会唱歌。

凭姿色吃饭毕竟是靠不住的。回想起自己所走过的坎坎坷坷，我情不自禁地对自己说："一个人的命运与美丑没有多大关系，即使你有再大的缺陷，只要你努力，完全可以重塑一个自我。"

情绪悟语

拥有美貌固然很好，但如果沉溺于这些外在的东西而无法自拔，我们失去的会更多。我们的梦想和目标往往与美丑无关，用心付出，终有梦想花开的日子。

曾芸芸

林肯的"马蝇术"　　◎佚　名

我们需要找到自身之外的"动力"来促使自己前进，比如说：一个强劲的对手。

1860 年的美国总统大选结束后，林肯当选为总统。他任命参议员萨蒙·蔡斯为财政部长。

有许多人反对这一任命。因为蔡斯虽然能干，但十分狂妄自大，他本想入主白宫，却输给了林肯。他认为自己比林肯要强得多，对林肯也非常不满，并且一如既往地追求总统职位。

林肯对关心他的朋友讲了这样一个故事："在农村长大的朋友们

一定知道什么是马蝇吧。有一次,我和我的兄弟在肯塔基老家的一个农场犁玉米地,我赶马,他扶犁。这匹马很懒,但有一段时间它却在地里跑得飞快,连我这双长腿都差点跟不上。到了地头,我发现有一只很大的马蝇叮在它身上,我随手就把马蝇打落了。我兄弟问我为什么要打落它,我说我不忍心看着这匹马那样被咬。我兄弟说:'哎呀,正是这家伙才使马跑得快的啊。'"

然后,林肯说:"如果现在有一只叫'总统欲'的马蝇正叮着蔡斯先生,那么只要它能使蔡斯和他的财政部不停地跑,我就不想去打落它。"

情绪悟语

惰性存在每个人的身体里,当躺在和煦的阳光之下,惬意地听着音乐,看着时光从指尖流淌过去是多么享受的一件事情。所以,惰性也是一种诱惑。但是我们不能够因为懒惰的驱使而浪费我们的青春岁月。我们需要找到自身之外的"动力"来促使自己前进,比如说:一个强劲的对手。

● 张洋

苹果被冰雹砸伤之后 ● 佚名

农夫这则绝妙的广告起到了神奇的效果,他的苹果不仅没有滞销,而且比往年销得还好。

有个专门种苹果的农夫,他种的苹果色泽鲜艳,美味可口,供不应求。

这一年，一场突如其来的冰雹把大多数苹果都砸伤了，即将成熟的苹果上留下了一道道的疤痕。这对农夫来说无疑是一场毁灭性的打击，这样的苹果，销售商怎么能够接受呢！苹果无法销出，就得赔款。

但乐观的农夫想到了一个绝妙的办法。他在苹果的包装上打出了这样的广告词：

亲爱的顾客，您注意到了吗？在我们脸上有一道道的疤痕，这是上帝馈赠给我们高原苹果的吻痕——高原上常有冰雹，因此高原苹果才有美丽的吻痕。如果你喜爱高原苹果的美味，那么请记住我们的正宗商标——疤痕！

农夫这则绝妙的广告起到了神奇的效果，他的苹果不仅没有滞销，而且比往年销得还好。

情绪悟语

有些看似糟糕的事情其实并不一定很糟糕，这就要看我们怎样去看待它、解决它。如果我们只是怨天尤人，不去寻求解决办法的话，那就只能够看着"糟糕"一天天变得更糟。相反，如果我们能用乐观的心态去面对，再动动脑筋，或许糟糕的事情就会得到好转。

○ 张
洋

失败者也能成为偶像 ◇马国福

> 只要正确看待别人的打击和取笑,失败者也可以成为偶像。

第一年高考他以两分之差落榜了。他成为村里人茶前饭后谈论讥笑的对象。

第二年他又重新收拾书本加入复读的千军万马之中,在独木桥上拿命运下赌注,可惜又以 12 分之差落榜。走在村里,许多人在他背后指指点点,说他在学校不好好学习,逃课、上网、玩游戏,如果他能考上大学,村里放羊的孩子早就成为大学生了。他成为许多家长教育孩子的反面教材。

对此,他只是淡淡地一笑了之。后来他悄悄南下深圳打工,从此杳无音信。这更加增加了村里人讥笑他的谈资,说他没有骨气,只会逃避,不知道为家里人争一口气。

一年里,他没给家里打一个电话,更没有写一封信。春节期间,村里许多在外地打工的人纷纷带着大把大把的钞票衣锦还乡,唯独没有他的任何消息。村里人又开始猜测他在外面干了坏事被抓起来判了刑,渐渐疏远了他家。

这让他的父母亲非常难过,认为不争气的儿子给他们脸上抹黑。在人前总抬不起头来。

第一年没有他的任何消息,第二年还是没有他的任何消息。他的反常举动更加助长了那些无事生非的人的妄自猜测,有的人甚至传出谣言说他早已死了。望眼欲穿的家人常常为他掉泪,年迈的母亲生了一场大病。第三年开春的时候,家里人突然收到一笔汇款,整整10000元!这让半辈子从没见过这么多钱的父母着实吓了一大跳,整天寝食不安,为他捏一把汗。尽管父母嘴上什么都不说,心里也在猜测,他是不是真像村里人说的那样在干什么违法的事情。

不久他写来一封信,信上说他在一家电脑公司打工,年薪40000。他的信和汇款在村里炸开了锅,让为他担心的父母有了扬眉吐气的感觉。他家里率先装上了电话,买了彩电、冰箱等电器。有的人开始羡慕他,也有人仍然在怀疑他。

有了电话后他经常给家里打电话,询问村里有多少人外出打工,有多少人赋闲在家。他让父母挨家挨户询问有谁愿意到广州打工,每月工资不少于1500元。如果有人愿意南下,他可以介绍工作,不过要一次性收取500元信息费。在当地打工一个月最高工资也不过六七百元,每月不低于1500的工资相当有诱惑力。他的信息无疑给正愁没地方挣钱的村里人指明了一条致富的道路。

当确定有30多人愿意南下打工后,他乘飞机回到家乡,与愿意外出的人签了合同,保证每月管吃管住月薪不低于1500元,等他们拿到薪水后一次性付他信息费500元。尽管有的人说他精明不够义气,但丰厚的待遇确实让他们眼红,都乐意跟他南下。

一年后,跟他南下的人都发了财,一年内挣到了在老家几年都挣不到的钱。当然,他也从中赚了1000多元的信息费。精明的他仔细比较了南方和西部的差异,南方劳动力紧张,且待遇高,西部待遇低劳动力过剩且找不到工作,如果把那些赋闲在家的人全部介绍到南方,收取一定的信息费,既解决了两地劳务难题,又互惠互利。于是,他辞掉了电脑公司的工作,成立了一家中介公司。他成为方圆几十里家长教育孩子的正面典型,他们说得最多的一句话是:"瞧,人家不上大学照样成为老板!"

在短短的3年时间里他把劳务输出的业务从家乡的小镇扩展到全县,输出劳动力1000多人,成了百万富翁,在南方买了房还买了私家轿车。他又捐出20多万更新改造了家乡的学校,当地政府表彰他为致富明星、经济发展功臣。

新校落成典礼那天,他做了一个简短的报告,有一段话是这样说的:人就像一个气球,使劲往上抛时可以把球送上高处,狠狠往下砸时,利用反弹力,同样可以把球送到高处。只要正确看待别人的打击和取笑,失败者也可以成为偶像。

情绪悟语

人生不可能一帆风顺,我们在成功的道路上,可能要面对无数次失败的洗礼。但是有时候不但要承受失败的打击,还要承受外界的指责和压力,这就需要我们有坚强的承受力和良好的心态。

张洋

在困境中找出希望 ◎黄阔登

他强忍愤怒又惊慌的情绪,并思索该如何应付接下来的场面。突然,脑中灵光一闪,他已胸有成竹。

一位年轻的美国人,立志要成为优秀的牧师。要想成为牧师,首先得参加牧师资格考试。为了准备考试中现场演说的演讲稿,他半个月前就离家到考试地点附近的旅店住下,全身心地投入到写作之中。写好后,他每天不停地朗诵,早也念,晚也念,最后整篇文稿都可以倒背如流了。

到考试那一天,经过抽签,他抽到最后一个上台。他先坐在台下,观摩其他应考者的演说。终于,只剩下两个人了。他盯着台上的演讲者,惊讶地发现,台上那个人演讲的内容居然跟他的稿子一模一样!这是怎么一回事?

他终于想起来了,那个人就住在他隔壁的房间。原来,他辛苦创作、每天朗诵的讲稿内容被那个人剽窃了。下一个就轮到自己上台了,该怎么办呢?

他强忍愤怒又惊慌的情绪,深吸一口气,让自己慢慢平静下来,并思索该如何应付接下来的场面。突然,脑中灵光一闪,他已胸有成竹。

轮到他上台时,他说:"要当一名好的牧师,最重要的是必须有超强的记忆力、耐心、用心的倾听。现在,我将为各位复诵一遍上一位演说者的内容。"接下来,他不慌不忙地演讲起那篇在他心中早已滚瓜烂熟的稿子,比上一位出彩多了。这另类的表现方式,获得全场热烈掌声。当然,他通过了考试。

人生在世,总会遇到不可预知的突发情况。在困窘面前,生气、焦虑、埋怨都不能从根本上解决问题。山重水复疑无路,柳暗花明又一村。唯有静下心来,在困境中找出希望,才能出奇制胜,成为最后的赢家。

情绪悟语

困难来的时候,如果不停地抱怨或是消极逃避,那么困境就会一步一步地向我们紧逼。这个时候,需要我们冷静下来,乐观一点,仔细思考,努力寻找,就一定会发现荆棘之中透过的光亮——那就是希望。

张洋

不带着怒气作战 ▷佚 名

> 刚才你吐的瞬间我动了怒气,这时杀死你,我就再也找不到胜利的感觉了。

欧玛尔是英国历史上唯一留名至今的剑手。他有一个与他势均力对的对手,他与其斗了三十年还未分胜负。在一次决斗中,对手从马上摔下来,欧玛尔持剑跳到他身上,一秒钟内就可以杀死他。

但对手这时做了一件事——向他脸上吐了一口唾沫。欧玛尔停住了,对对手说:"咱们明天再打。"对手糊涂了。

欧玛尔说:"三十年来我一直在修炼自己,让自己不带一点怒气作战,所以我才能常胜不败。刚才你吐的瞬间我动了怒气,这时杀死你,我就再也找不到胜利的感觉了。所以我们只能明天重新开始。"

第二天,对手不战而降,成了他的学生。

情绪悟语

▷张 洋

欧玛尔之所以成为英国永垂青史的剑手并不是因为他的剑术是最高超的,而是因为他的胸怀是最宽广的。他在作战的时候都能够消除怒气,我们为什么连平常的生活、学习中都不能够做到平和的心态呢。海水只有在平静的时候才能够"载舟",而在汹涌的时候只能够将船倾覆。所以,我们梦想的船到底能够行使多远,主要是看我们的胸怀有多大。

发火的习惯 ◎佚 名

如果发火真成了你的习惯,就能够想发就发。如果发不出来,就证明它不属于你。

一个人向牧师忏悔,认为自己大体上算个好人,但常常发火。

"发火?"牧师问,"这成了你的习惯吗?"

"是的。"忏悔的人回答。

"那么,请你发个火给我看一看。"

这个人很为难地笑了,说发不出来。

牧师说:"如果发火真成了你的习惯,就能够想发就发。如果发不出来,就证明它不属于你,不是你的东西,你还留着干吗?"

此人默然而退。

情绪悟语

世界上真正的坏人很少,但是坏脾气的人却不少。总是有人为自己的坏脾气找借口,认为只是脾气坏而已,没有什么要紧的。可那些坏脾气我们为什么总要保留呢?它会给我们带来什么帮助吗?不会。它会使我们变得讨人喜欢吗?也不会。它会让事情都变得美好吗?更不会了。如果是这样,就丢掉它吧。

张洋

发怒是一种内心的脆弱 ◎李剑红

> 我们最大的敌人就是自己,如果一个人有很强的自控力,能够战胜自己,他就是不可战胜的。

　　小学时邻居中有一个女孩叫元元,她常常喜欢到我家里玩。我们是同班同学,放学后她喜欢到我家写作业。元元的父母经常吵架,她爸爸很凶,有一次我在他们家写作业,她爸爸回来了,无端地发火打元元,吓得我只好逃离了他们家。后来一想起这件事情心里就发抖,我不知道她爸爸为什么总是发火,我真庆幸,我爸妈的脾气都很好,不会随意冲我发脾气。

　　在我幼小的心中,元元的爸爸是个厉害的家伙,她爸爸一定是威力无比,不然为什么总是发火呢? 我想她爸爸在单位一定很神气,他的同事也一定很怕他。后来有一次偶然的机会,元元让我陪她去找她爸爸,我才知道,原来元元爸爸在工厂里守大门。她爸以前是车间小组的组长,后来由于喜欢喝酒,在工作中出现了严重的问题,被撤离了原来的岗位,去看守工厂的大门了。也许她爸爸的火气和工作被撤离去看大门有关,元元那威力无比的爸爸其实并不开心。

　　我的另一个同学小旋的爸爸是军区的团长,小旋有时候带我和元元去她家写作业,她爸爸见到我们总是笑呵呵的,非常和气,每次都给我们水果吃,还指导我们做作业,全然没有团长的架子。

在我心目中,团长是很大的官,可是我从来没有见到小旋的爸爸发过火,他总是对我们微笑,还讲故事给我们听。在我心里,小旋的爸爸远没有元元的爸爸那么可怕。难道一个团长还没有看大门的威风吗?

这个问题困扰了我很久,在我的记忆里留下了深刻的印象。直到我参加工作以后,自己有了一些工作经历,结合大学里的心理学理论,才慢慢地把这个"谜"解开。

当一个人有理智的时候,他是不会发火的。如果一个人发火,就是失去理智而情绪失控的时候,这个时候是他内心最脆弱的时候。是因为无法解决的事情而苦恼,才会脾气暴躁发火。一个人的内心脆弱,有时会以一种暴跳如雷的形式表现出来,发怒并不是威风凛凛,而是一种内心的脆弱。

在竞争的社会,我们常常说要战胜对手,使自己立于不败之地。其实,我们最大的敌人就是自己,如果一个人有很强的自控力,能够战胜自己,他就是不可战胜的。我常对自己说,我要战胜自己,我不能发怒,因为发怒是内心脆弱的表现!

情绪悟语

遇见了难题,百思而不得其解,我们能不窝火吗!如果我们发火撕掉作业本,掰断铅笔,还……真的有人会这样做,但是这样做的后果是难题没有解决,还要重新去做所有的作业。发怒只能够说明自己软弱,证明自己的无能为力。想发火时,先出去跑几圈吧,冷静下来的时候可能就会觉得刚才的想法是多么愚蠢!

张洋

打不过就跑 ▷泉 涌

> 要拿自己的长处和别人的短处竞争,打得过就
> 打,打不过就跑。

曾经问一位企业家朋友,他成功的秘诀是什么。他毫不犹豫地告诉我,第一是坚持,第二是坚持,第三还是坚持。我心里暗笑。没想到朋友还意犹未尽,又"狗尾续貂"了一句,第四是放弃。

放弃?作为一个成功的企业家怎么可以轻言放弃?该放弃的时候就要放弃,朋友说,如果你确实努力再努力了,还不成功的话,那就不是你不够努力的原因,恐怕是努力方向以及你的才能是否匹配的事情了。这时候最明智的选择就是赶快放弃,及时调整,及时调头,寻找新的努力方向,千万不要在一棵树上吊死。

据说乾隆皇帝曾经在殿试的时候给举子们出了一个上联"烟锁池塘柳",要求对下联。一个举子想了一下就直接回答说对不上来,另外的举子们还都在苦思冥想时,乾隆就直接点了那个回答说对不上的举子为状元。因为这个上联的五个字以"金木水火土"五行为偏旁,几乎可以说是绝对,第一个说放弃的考生肯定思维敏捷,很快就看出了其中的难度,而敢于说放弃,又说明他有自知之明,不愿意把时间浪费在几乎不可能的事情上。

"童话大王"郑渊洁也曾经说过:"每个人都有自己的最佳才能区,除非他是白痴。要拿自己的长处和别人的短处竞争,打得过就

打,打不过就跑。"

这句看似"懦弱"的话说得很有道理。首先要"打",打过了才知道自己的短处和长处,才知道自己是否是人家的对手,努力了之后在取胜无望的情况下作战略性撤退,不作无谓的牺牲,是智者所为。"打不过就跑",是最容易走向成功的捷径。

情绪悟语

逃跑常被认为是懦夫的行为,坚持到底才是众所周知的英雄行径。但是人生不是所有事情都是我们可以应对的,比如说我们确实难以胜任,或者发现面前的路根本走不通,那我们就要敢于放弃。把我们的精力和才华放在应该在的地方,那么才华才不会被辜负,我们才能够事半功倍地实现梦想。

张洋

移不走石头就远离它 ◎绘 丹

与其在一些短期内无法解决的难题上花费太多的时间和精力,不如绕开困难,换种思路。

愚公移山的故事谁都知道,他不畏困难,持之以恒,带领子孙,世代搬山。智叟取笑时,他用"世世代代无穷匮也"来表达自己的决心。最终感动了天帝,派神仙帮助他移开了大山。

在西方也有一则类似的寓言。有一个农夫靠养羊为生,但住的地方给他带来了极大的不便。房屋坐落于山脚下,每天日出他都把羊赶到后山上去吃草,日落再赶回羊圈。农夫的住所距离集市并不算远,但问题是只有两条通往集市的路:一条在屋前,但与集市间隔着一块巨石;一条在屋后,到达集市得绕上十几个钟头。放羊到后山倒是挺方便,可是每隔几天卖一次羊奶,每个月还要卖羊肉就相当艰难了,因为屋前的这条路上横着一块巨大的石头,根本无法通行。

农夫只能叫苦连天地从后山赶往集市,屋前路上的这块巨石就像一座大山一样"压"得他透不过气来。终于有一天他下定决心要将石头移开,他带着儿子开始行动。石头又大又硬,每天只能凿下一点点。儿子说,这要干到什么时候才能搬开它?农夫坚定地回答,不管干多久都要坚持下去。

一晃半年过去了,农夫一家的进展并不顺利。一次,大汗淋漓的儿子坐在一旁休息。过了一会儿,儿子突然说,我们为什么一定要移开这块石头呢?农夫回答,那还有什么更好的办法呢?儿子想了想大声说,我们搬家不就行了吗?把羊从后山绕道赶到石头的另一面,然后重新盖栋房子,最多只需用两个月的时间,不比没日没夜地凿石头简单得多吗?农夫听后一把搂住儿子说,你简直是上帝派来的天使。

不久,农夫的家就安在了离集市很近的一处山清水秀的地方,从此过上了便利而富足的生活。

愚公意志坚韧固然不"愚",智叟只会取笑当然不"智";而农夫远离巨石重新安家,同样是一种明智之举。与其在一些短期内无法解决的难题上花费太多的时间和精力,不如绕开困难,换种思路。这种尝试,有时反而会收到奇效。

有时,一道数学难题,我们用常规的解法难以解决,而换一种解法反倒会让问题变得简单。同样在生活中,当我们遇见一时解决不了的问题时,也许可以像"愚公"那样用自己的恒心去感动上天,但是如果有更好的办法可以解决,为何不去试试呢?

张洋

弱者的等待 佚 名

可是不久,那提着满壶清水的同伴领着一队骆驼商旅寻声而至,他所找到的却是一具尸体

两人结伴横过沙漠,水喝完了,其中一个同伴中暑生病,不能行动。剩下这个健康而又饥饿的人对同伴说:"好吧,你在这里等着,我去寻找水源。"他把手枪塞在同伴的手里说:"枪里有五颗子弹,记住,三个小时后,每小时对空鸣枪一声,枪声指引我,我会找到正确的方向,然后与你会合。"

两人分手后,一个充满信心地去找水源,一个满腹狐疑地卧在沙漠里等待。他看表,按时鸣枪。除了自己以外,他很难相信还会有人听见枪声。他的恐惧加深,认为同伴找水失败,中途渴死。不久,又相信同伴找到水,弃他而去,不再回来。到应该击发第五枪的时候,这人悲愤地思量:"这是最后一颗子弹了,伙伴早已听不见我的枪声,等到这颗子弹用过之后,我还有什么依靠呢? 我只有等

死而已。而且，在一息尚存之际，兀鹰会啄瞎我的眼睛，那是多么痛苦，还不如……"他用枪口对准自己的太阳穴，扣动了扳机。

可是不久，那提着满壶清水的同伴领着一队骆驼商旅寻声而至，他所找到的却是一具尸体。

情绪悟语

我们等待黎明，却总是看到无边的黑暗；我们等待希望，却总是失望而归……于是，我们在等待中绝望，亲手掐断了最后一点希望。这就是那些"弱者"的选择。既然寻找光亮，就要时刻提醒自己，希望已经不远了。要寻梦就要充满信心，给自己动力。

曾芸芸

与其在一些短期内无法解决的难题上花费太多的时间和精力，不如绕开困难，换种思路。

第 7 辑

快乐是由什么决定的

　　他们遭遇的情况其实是完全一样的，但一个伤心至极，一个开心至极。其实，在很多情况下，面临什么样的事情并不重要，重要的是我们如何去感受所面临的事情。

　　而快乐与否，恰恰是由你的感受所决定的。

错误的恐慌 ◎苏桔青

世上的事物存在着那么多不确定因素,而违背惯性的往往只是一个很微小的差别。

安德鲁·杰克逊,1837 年担任美国总统,美国历史上最出色的政客之一,这是关于他的一个小故事。

在他妻子死后,杰克逊对自己的健康状况变得非常担忧,家中已经有好几个人死于瘫痪性中风,杰克逊因此认定他必会死于同样的症状,所以他一直在这种阴影下极度恐慌地生活着。

一天,他正在朋友家与一位年轻的小姐下棋。突然杰克逊的手垂了下来,整个人看上去非常虚弱,脸色发白,呼吸沉重,他的朋友走到他身边。

"最后还是来了,"杰克逊乏力地说,"我得了中风,我的整个右侧瘫痪了。"

"你是怎么知道的呢?"朋友问。

"因为,"杰克逊答道,"刚才我在右腿上捏了几次,但是一点感觉也没有。"

"可是,先生,"和杰克逊下棋的那位姑娘说道,"你刚才捏的是我的腿啊!"

世上的事物存在着那么多不确定因素,而违背惯性的往往只是一个很微小的差别。很多人会参照先人留下的足迹去想象,去做事情,但偶尔的变化也并不是不存在的。不管遇到什么事情,我们都该做好自己眼前的事,千万别给自己制造无形的恐慌,把自己囚禁在自己所设计的圈子里。

疼痛是个好消息 ◎罗 西

在冲刺之后和在颁奖台上,"第三名"看上去比"第二名"更高兴。

扮演"超人"的克克斯多弗·里夫,在1995年的一次坠马中,伤势严重,导致颈部以下全部瘫痪。三年来,他凭着坚强的意志,与死神做着不懈的抗争。

经过一年的知觉训练,他脊椎末端的神经又恢复了知觉。他说,现在碰它一下,就有疼痛的感觉,但这疼痛感觉很舒服,"请相信我说的全是真的。"

很多时候,疼痛是一种痛苦,但"超人"这次的痛,是生命的一道光亮。人有一种可贵的智慧,便是给每一种现象赋予意义。西班牙和美国心理学家在1992年巴塞罗那奥运会田径比赛场上,用摄像机拍摄了20名银牌获得者和15名铜牌获得者的情绪反应。心理学家们发现,在冲刺之后和在颁奖台上,"第三名"看上去比"第二名"更高兴。

研究人员分析认为：因为铜牌获得者通常不是期望值很高的人，获得铜牌已经很高兴了；而银牌得主往往是冲着金牌而来的，因此就会为没有夺得金牌而感到难过。确实，在领奖后采访获奖运动员时，许多亚军都伤心地说：差一点就成了冠军。而季军获得者也许会说：差一点就名落孙山。

情绪悟语

人们总喜欢习惯性地思考问题，例如成功就必定是好事情，而失败便成了噩耗。殊不知，世界上有那么多伟大的成功者，他们是经历多少次失败才换来一次举世瞩目的成功。当我们遇到挫折的时候，换一种思维方式，挫折将不再是挫折，而是前进的动力。

张洋

拔掉那颗蛀牙　◎秦素衣

只有爱，才能拔掉那颗蚀了你心灵的蛀牙。她呆了，是吗？有这么严重吗？

她是恨全家人的。

她在家中的地位很尴尬，姐姐比她漂亮；因为想要儿子，父母坚持还要生，结果还是女儿，后来，又生了弟弟，弟弟当然是最得宠爱的。父母的观念就是，闺女是要嫁出去的，是与这个家无关的，能养着你们就不错了。姐姐不吭声。她嚷："凭什么？要不就别生我！"结果挨了打。

那时,她就发誓,她要报复所有人,她将让他们知道她的厉害。3个孩子中,她的学习是最好的,因为,没有别的地方突出,她就拼命地学习。小小的心,长满了恨,恨是一个芽,很快就茁壮成长。

她内向,沉默寡言,经常一个人抱着书,关在自己屋里,即使看书,母亲也要嚷,不要费电了。于是,她去邻居的窗下,借着光,可以看到半夜。她是个坚强的女孩子,坚强到不会掉一滴眼泪,全镇只有一个考上县里高中的,她就是这个唯一。父母不想让她去读,读高中太费钱了,而且还要住校,吃饭一个月就好几十块,她说:"我不吃那里的饭,我带饭,带馒头,可以吃一个礼拜。"

终于去读了。竟然觉得无比自由,一周回家一次,然后带够一周吃的馒头。冬天还好,馒头不馊,夏天,有时馒头馊了,可是,她舍不得扔,还要吃掉。吃到拉肚子,一趟趟跑厕所,但她从来不哭。

整整3年,她始终是学校里的第一名。

高考成绩下来,她是状元,去北大读书,整个县城都轰动了。所有人都说,看人家,吃了3年干馒头,照样上北大。

去了北大以后,她仍然内向,打好几份工,为的是不要家里一分钱,每次要钱的尴尬她记得很清楚,而且,她冰冷,内心拒绝温暖,怕别人算计自己。

整整4年,她把自己交给了书本,以最好的托福成绩考到美国公费留学,整个县城又轰动了,这是那个小城中第一个到外国留学的啊。可是,她没有回去,没有给父母撑那个虚荣的面子。现在,她是自己的了,与他们无关。

去美国之后,她还是一个人,无人交流,内心一片空白。没有亲情的感觉,不相信男人,她的世界,只有她自己。去看心理医生,医生说,你太自闭,而且内心里充满了恨。有恨的人,必定不快乐,你应该学会去爱。只有爱,才能拔掉那颗蚀了你心灵的蛀牙。她呆了,是吗? 有这么严重吗?

一向是别人对不起她啊,所以,她拒绝和他们联系。半夜,她第一次拨通了家里的电话。母亲居然没有听出她的声音来,叫了一声"妈"之后母亲就哭了,哀号着,哭着骂着,叫着父亲的名字:"他爹,二妞来电话了,二妞来电话了——"父亲接了电话过来,叫着:"妞妞,妞妞……"什么也说不出来。再接着,姐姐和弟弟都跑了过来,声音哽咽着,好像她恩赐了他们什么。放下电话,她发了一夜的呆,第二天,又发呆。本来有了绿卡的她决定回国。

是一刹那决定的,回国!

多少年没有回家了? 她带着大包小包,所有人的礼物全有。下了飞机,直接打出租车回老家,一进门才发现:家,老了,破了,两棵老枣树还在,正在开花,有淡淡的芬芳,那个爱发脾气的母亲正在树下择韭菜,满头白发了,那个喜欢打人的父亲在脏兮兮的椅子上躺着。抬头看到她的时候,父母的眼神都是慌乱的,伸开两只手,不知要干什么说什么了,好像她是天外来客——她太洋气了,与多年前那个瘦瘦黑黑的小丫头判若两人! 甚至,母亲扑过来后,站在她面前,没敢抱她。

不知道沉默了多久,她叫了一声:"妈!"母亲哭着,抹着眼泪。她以为自己足够坚强,以为不会再流眼泪了,但父亲过来抱住她说:"孩子,回来啦?"她的眼泪,到底还是出来了。

她把带回来的钱给大家分了,父母一份,姐姐一份,弟弟一份。父母养老,姐姐能买城里的房子了,弟弟要开个超市,这下,也有资金了,做完这些后,她居然感觉到那么幸福。

拔掉了那颗恨的蛀牙,原来可以如此快乐。

情绪悟语

　　心里装满恨的人，即使获得再大的成功，也不会快乐，不会幸福，因为没有爱的心是苍白的。爱就像阳光能让我们感觉到温暖，心里有爱，自己和别人都会感到轻松。

　　●李　俊

鲍威尔的快乐　◎赵　晶

　　她非但不抱怨生活，反而从残缺的生活中不断获取乐趣。

　　有位叫鲍威尔·达尔的美国妇女，她的一只眼睛从小失明，另一只眼睛的视力也极差，近乎盲人，但她从来不愿生活在别人的同情中。小的时候，她很想和别的孩子一起玩"跳房子"的游戏，却看不到地上画的线。于是，她便独自趴在地上找啊找，并记下每条线的确切位置，然后再和小伙伴们一起玩，居然成了小伙伴中的"跳房子专家"。鲍威尔·达尔非常喜欢读书，但是非常吃力，眼睛几乎要紧贴到书上才能够看见。尽管如此，她一直坚持学习，后来竟成了某名牌大学的文学硕士，并成为某学院的新闻与文学教授。

　　那么，是什么力量支撑着鲍威尔·达尔，让她克服了常人难以想象的困难，达到了人生辉煌的境界呢？人们一定会这样想：是她不向命运屈服和超强的勇气、毅力等。然而，事实却并非如此。鲍威尔·达尔在自己的著作《我想看》中这样写道："在我内心深处，一直隐藏着对眼盲的恐惧，于是我选择了快乐近乎嬉闹的生活态度。"正是这种生活态度,使她觉得,自己只要趴下能看清地上画的线,把书举到眼前能阅读,就胜于盲人百倍。因此,她非但不抱怨生活,反而从残缺的生活中不断获取乐趣;因此,她快乐地生活着,并一步步走向人生辉煌。

与这位鲍威尔·达尔相比,我们大多数人无疑是幸运的,因为我们的眼睛可以清楚地看清一切。但是,我们是否也能像她那样时时生活在快乐之中呢?想一想。

情绪悟语

我们总是喜欢拿自己和别人做比较,而这个比较对象又往往是幸运儿。没有人会拿自己和一个"倒霉蛋"相提并论,所以我们对幸福的期待便会更多。很多人不明白,对于那些看不到光明的人来说拥有光明已很幸福;对于那些饥寒露宿的人来说吃饱穿暖已很幸福——我们已经很幸福了,那就让我们更快乐些吧!

张洋

快乐即成功 ▶黄 飞

他终于明白过来,快乐是世间成本最低、风险也最低的成功。

上个世纪初,一位少年梦想成为帕格尼尼那样的小提琴演奏家,他一有空闲就练琴,练得心醉神痴,却进步甚微,连父母都觉得这可怜的孩子拉得实在太蹩脚了,完全没有音乐天赋,但又怕讲出真话会伤害少年的自尊心。

有一天,少年去请教一位老琴师,老琴师说:"孩子,你先拉一支曲子给我听听。"少年拉了帕格尼尼24首练习曲中的第三支,简直破绽百出,不忍卒听。一曲终了,老琴师问少年:"你为什么特别喜欢拉小提琴?"少年说:"我想成功,我想成为帕格尼尼那样伟大的小提琴演奏家。"老琴师又问道:"你快乐吗?"少年回答:"我非常快乐。"老琴师把少年带到自家的花园里,对他说:"孩子,你非常快乐,这说明你已经成功了,又何必非要成为帕格尼尼那样伟大的小提琴演奏家不可呢? 在我看来,快乐本身就是成功。"

少年听了琴师的话,深受触动,他终于明白过来,快乐是世间成本最低、风险也最低的成功。倘若舍此而别求,就很可能会陷入失望、怅惘和郁闷的沼泽。少年心头的那团狂热之火从此冷静下来,他仍然常拉小提琴,但不再受困于帕格尼尼的梦想。这位少年是谁? 阿尔伯特·爱因斯坦,他一生仍然喜欢小提琴,拉得十分蹩脚,却能自得其乐。

情绪悟语

很多事情,我们不必非要追求成功的结果,而应学会享受过程中的乐趣。因为有时候,成功与否不是我们所能完全控制的,而做事过程中是否愉悦却是我们能把握的。只要做一件事时,我们是开心快乐的,不管结果如何,我们都是成功的。

张洋

快乐的木匠 ◎王　悦/编译

快乐和不快乐都是自己决定的,跟别人没关系。

从前,有个国王整天被忧虑困扰。他总是担心自己的军队吃败仗,害怕王宫的珍宝被抢劫,怀疑大臣们不忠心……总之,从登基那时起,他就吃不香,睡不好,没过上一天舒坦日子。

王宫外是个集市,从宫殿顶层可以看到赶集人群。一天,国王望着集市上熙来攘往的老百姓,心想:"他们是不是也像我这般不快活? 真难想象普通人靠什么得到安乐。"他让侍从找来最邋遢破旧的衣服,在脸上涂满炉灰,扮成乞丐,打算到王宫外看个究竟。

国王沿着城墙走了大半天,傍晚时他来到了郊外一座破旧的农舍前,农舍的主人正坐在昏暗的厨房里,吃着一小块面包,他已经是暮年,但笑容却灿烂无比。国王忍不住走进去问他:"你为什么这么快乐?"

"我是个木匠,今天赚了足够的钱,所以晚饭有着落,当然开心了。"

"如果明天没人找你干活儿怎么办? 你还会开心吗?"国王问。老木匠注意到面前的"乞丐"带着一脸焦虑和疲惫,便微笑着说道:"快乐和不快乐都是自己决定的,跟别人没关系。"说完,把面包切成两块,一半分给"乞丐"。

晚上国王回到宫殿,对木匠的话越想越怀疑:"快乐怎么能由自己决定呢?我非要考验考验他,看他能快乐多久。"于是国王连夜颁布了一条法令——所有住在都城的木匠必须到王宫门口站一个月的岗。国王并不是暴君,所以他规定站岗是有酬劳的,但要等到月末一次性付清。

第二天早上,老木匠还没出门就被侍卫长抓到宫墙外站岗来了,直到黄昏才放他回家。晚饭时间到了,国王急忙换上乞丐的装束,去木匠家探访,他边走边得意地想:"看你还怎么快乐!"

谁知到了木匠家,国王看见桌上不但摆着面包,竟然还有葡萄酒。老木匠热情地请昨天认识的"乞丐"共进晚餐,国王好奇地问:"你今天的晚餐怎么如此丰盛?"木匠笑着说:"我奉命去给国王站岗,要到月末才能拿到酬劳。所以我刚才去当铺,把侍卫长发给我的佩剑当掉了。你瞧,咱们现在不但有面包,还有酒喝,多高兴啊!""这可是要杀头的啊!"国王故意惊叫道。"没关系,一发工钱我就去把剑赎回来,过会儿我用木头做把假的放在剑鞘里,保准没人能看出来。"木匠胸有成竹地说,那轻松快活的样子真让国王嫉妒。

第三天早上,国王乔装来到王宫大门口,果然看见木匠的"佩剑"插在剑鞘里,看上去跟真的一模一样。正在这时,对面一阵骚动,原来有个乞丐偷了小贩的一个甜瓜,正好被侍卫长抓住,集市上的人都跟过来看热闹。"偷盗的惩罚是砍手。你,"侍卫长严厉地说,冲正在站岗的木匠招了招手,"用你的佩剑把小偷的右手砍掉。"

被抓的乞丐苦苦哀求道:"我饿得没办法才这么做的,求您饶了我吧。"木匠的处境可真糟糕,首先他很同情乞丐;另外他的"佩剑"一拔出来就要露馅儿,到时候自己性命也难保。这可怎么办呢?连国王都替他捏着一把汗。

木匠沉思了一会儿,仰头对天空大声说:"最高的主啊,如果这个人不可饶恕,请赐予我执行命令的力量;如果这个人值得宽恕,请把我的铁剑变成木头的!"

说完他猛地抽出剑,高举过头。围观的人群发出阵阵惊呼:"变成木头的了!""真主显灵!"就连凶残的侍卫长也不得不把乞丐释放了。

国王走到木匠身边问:"你认得我吗?"木匠看了他一眼,回答:"你是昨天跟我一起吃晚饭的那个朋友。""没错,我的朋友,"国王高兴地说,"从今以后请你每天都与我共进晚餐。你的乐观和聪明对我帮助太大了。"从此,木匠成了国王最器重的大臣之一。

情绪悟语

国王锦衣玉食,但是却得不到快乐;木匠一无所有,但是他拥有了国王求而不得的快乐。可见快乐并不是"锦衣玉食"可以换来的。快乐是自己本身的感受,是自己对美好的认知,是自己给予自己"易于满足"的奖赏。

张洋

快　事　◎佚 名

中年的费曼还对绘画产生了浓厚兴趣,但他并没对此抱很大期望,只是觉得快乐罢了。

诺贝尔物理奖获得者费曼教授被誉为"科学顽童",是个很有趣的人。有一年他去巴西讲学,住在一家高级宾馆,结识了当地一支桑巴乐队。没事的时候,费曼便偷偷找他们学习打鼓。

乐队的人只知道费曼来自美国,而且以前有过业余打鼓的经验,便接纳了他。费曼练习得很卖力,但经过一段时间,他还是没有打出巴西嘉年华会的味道,有人认为他的技术不过关,因为他没有按部就班地重现某种传统,有点喜欢按照自己的创意去发挥。到了准备参加游行演出的前几天,乐队被叫去接受"检验",费曼打鼓的"创新"味道居然受到欣赏,于是他被准许参加演出。

宾馆里的服务员对费曼很熟悉,但嘉年华会举行的那天,居然看见费曼穿着乐队的衣服经过宾馆门前,大吃一惊:"那是教授!"为此,费曼得意许久。

中年的费曼还对绘画产生了浓厚兴趣,朋友们都不赞成他不务正业,认为搞理论的人不可能在绘画艺术上有什么收获。但是费曼兴致很高,难以改变,跑到美术培训班与年轻人一起画模特儿,当时他是成绩最差的一个。断断续续学了几年,费曼大有进步,但他并没对此抱很大期望,只是觉得快乐罢了。一次有人在学院里办画展,费曼也送上两幅自己的作品,不料被一位女士看中,买回去给丈夫做了生日礼物。费曼知道后,比获得诺贝尔奖还兴奋!

情绪悟语

费曼教授最大的成就在我们看来当然是诺贝尔物理学奖,但是在费曼眼里不是,两幅绘画作品被买去更让他兴奋。工作令他取得成就,而兴趣让他快乐一生。在他眼里,快乐的人生是第一位的。这是一种人生境界,值得我们去学习。

邵孤城

站在烦恼里仰望幸福 马 德

一个人总在仰望和羡慕着别人的幸福，一回头，却发现，自己正被别人仰望和羡慕着。

人生烦恼无数。

先贤说，把心沉静下来，什么也不去想，就没有烦恼了。先贤的话，像扔进水中的石头，先贤甚至想都没想，就沉静下来了，而芸芸众生，在听得"咕咚"一声闷响之后，烦恼便又涟漪一般荡漾开来。

真是层出不穷。

幸福总围绕在别人身边，烦恼总纠缠在自己心里。这是大多数人对幸福和烦恼的理解。差学生以为考了高分就可以没有烦恼，贫穷的人以为有了钱就可以得到幸福。结果是，有烦恼的依旧难销烦恼，不幸福的仍然难得幸福。

烦恼，永远是寻找幸福的人命中的劫数。

寻找幸福的人，有两类。一类像是在登山，他们以为人生最大的幸福在山顶，于是，气喘吁吁，穷尽一生去攀登。却发现，永远登不到顶，最终看不到头。他们并不知道，其实，幸福这座山，原本就没有顶没有头。

另一类人也像在登山，但他们并不在意要登到哪里。一路上走走停停，看看流岚，赏赏虹霓，吹吹清风，心灵在放松中，得到某种自足。

尽管不得大愉悦，然而，这些琐碎而细微的小自在，萦绕于心扉,一样芬芳身心,恬静自我。

对于心灵来说,人奋斗一辈子,如果最终能挣得个终日快乐,就已经实现了生命最本质的价值。

有的人本来幸福着,却看起来很烦恼;有的人本来该烦恼,却看起来很幸福。

活得糊涂的人,容易幸福;活得清醒的人,容易烦恼。这是因为,清醒的人看得太真切,一较真,生活中便烦恼遍地;而糊涂的人,计较得少,虽然活得简单粗糙,却因此觅得了人生的大滋味。

所以,人生的烦恼是自找的。不是烦恼离不开你,而是你撒不下它。

这个世界,为什么烦恼的都有。为权,为钱,为名,为利,人人行色匆匆,背上背着这个沉重的布囊,装得越多,牵累得也就越多。

几乎所有的人都在追逐着人生的幸福。然而,就像卞之琳《断章》诗所写的那样,我们常常看到的风景是:一个人总在仰望和羡慕着别人的幸福,一回头,却发现,自己正被别人仰望和羡慕着。

其实,谁都是幸福的。只是,你的幸福,常常感受在别人心里。

情绪悟语

在别人眼里,我们都是风景。在烦恼眼里,我们都是幸福。那么,清醒的烦恼和糊涂的幸福,到底哪个才是我们要追寻的终极幸福呢?其实幸福没有绝对的,把自己放低一些,每天给自己一个好心情,幸福就高高在上。把自己端平放稳,幸福就围绕在身边。

安勇

收 集 阳 光　○苏小蝉

他就在每天太阳最毒、阳光最多的时候,将阳光尽可能多地收进瓶子,然后放到奶奶的床头。

那段时间很不如意,连抬头看天都是阴沉的。

我是午后在田野里闲逛时遇见那个小男孩的。他大约七八岁,拿一个玻璃瓶子在野地里来来回回地跑着。他单薄的衣衫被风吹得鼓鼓的,像是一张小帆。

他在做什么呢? 按照我的常识,农村的孩子常捉蚂蚱甚至蜻蜓装到瓶子里玩。见我看他,小男孩气喘吁吁地停下来,用小手捂住瓶口。

瓶子里空无一物,他坏笑着说:"我要把太阳装进去。"然后,他一手捂住瓶子,一手从裤兜里掏出方便袋罩住瓶口,跑远了。这或许是乡下孩子特有的逗趣方式吧,毕竟可以玩的东西太少了。

几天后,我在朋友那儿遇见了小男孩,他邀请我去他家做客。光线阴暗的屋里,小男孩正在用杯子往脸盆里不断地倒着水,演示他所学到的"飞流直下三千尺"。躺在床上的老人,是他的奶奶。我注意到床头的盛满清水的罐头瓶子里插着一大把雏菊之类的野花,馥郁着一种泼辣的原野气息。还有那个敞口的玻璃瓶子——是小男孩在野外拿的那一只。

老人得的是老年偏瘫,常年不能起床。可是医生说多晒阳光对身体有好处。他就在每天太阳最毒、阳光最多的时候,将阳光尽可能多地装进瓶子,然后放到奶奶的床头。他兴高采烈地说着,仿佛自己实践了世界上最伟大的一项发明。

真的,说也奇怪,虽然阴暗的房间里有常年卧床的老人,可并没有衰败、腐烂的气味。相反,还有些许明快的调子。或许是因那用心收集来的阳光吧。

听朋友说,小男孩的母亲患有痴呆,父亲外出打工。他和一个长他两岁的姐姐操持着这个摇摇欲坠的家。可男孩还有那么响亮的笑声和那么美好纯真的愿望——收集阳光。

 情绪悟语

　　无论面对什么情况,无论学习、生活中出现什么困难,都不要沮丧、气馁,让我们昂起头,积极勇敢地面对吧,就像那个小男孩一样收集阳光。不要忘了,那些阳光就是我们乐观、积极的心态。

 ▷李俊

快乐是最好的药　▷罗 西

> 　　不存在什么命中注定的受害者,每个人都是自己命运的主宰。

　　美国的盖洛普民意测验组织,对世界上 18 个国家的人做了一次关于"你是否快乐"的抽样调查。参加测试的人数近 27 万,结果表明,某岛国的人民是世界上最快乐的人, 82% 的岛国人表示满意自己的生活。

那个岛国位于寒冷的北大西洋，也是世界上活火山最多的国家之一，还有 4536 平方英里的冰川，堪称"水深火热"；冬天更是长夜漫漫，每天有 20 小时是黑夜，真可谓是"暗无天日"。可是，就在如此恶劣的生存条件下，岛国人的平均寿命雄踞世界之首。

心理学家索罗尔非认为，岛国人的快乐，是因为他们学会了与恶劣的大自然相处之道——艰难困苦教会了他们如何打开心胸，从而对生活中的问题抱以宽容。

我曾经接触过该岛国的一位学者。在他看来，如果你自己好了，周围的一切都将是好的。他是个酒鬼的儿子，但是他没有沉沦，最初靠打鱼为生，因为后来觉得"中国菜好吃"——就这么一个简单的理由，让他喜欢上了中国的文化……他说，不存在什么命中注定的受害者，每个人都是自己命运的主宰，每个人都可以通过改变对世界的看法来改变自己的命运。在岛国，"愚蠢"的同义词是"多虑"或"心胸狭隘"。

我有些不理解，那位学者笑着问我："一个人如果只发挥了 10% 的聪明才智，那剩下的 90% 都干什么用？"

我困惑地摇头，他幽默地回答："找阿司匹林治头痛！"因为一个聪明的人，他会用 100% 的心去寻找快乐。快乐是最好的药，而且没有副作用。最具智慧的人才会算好这笔账，但很多人不懂这些。

最傻的不是白痴，而是不快乐的人。快乐的人有开阔的心胸，通过改善心理状态，让自己眼前明亮起来，并且看到未来的光辉。如果说，这世界上有什么最宝贵的珍藏，那就是——每个人都有一颗快乐的心。

情绪悟语

◆ 陈军

快乐比金子还宝贵,因为它不但可以使你远离疾病,远离悲伤,还可以让我们体会到生命的乐趣。快乐可以使我们的人生处处都有美丽的风景。我们需要快乐,也应该快乐,不要用痛苦去折磨自己。无论经受多大的坎坷,都要选择快乐,因为它是医治"不幸"的一剂良方。

降低快乐的标准 ◎ 流 沙

快乐像跳高,跳杆越低,我们就会越轻松,越无所畏惧。

澳大利亚举办奥运会的时候,在这片土地上发迹的媒体大亨默多克当然会去捧场。

在现场,默多克发现座位底下散落着一枚硬币,他站起身来,然后蹲下,捡起了那枚硬币,脸上带着微笑。

这则细节被媒体爆炒,但我只记住了默多克的微笑,拥有亿万资产的他却为捡到一枚硬币而微笑。

香港的记者曾问过富豪李嘉诚:"君以为一生之中,最快乐的赚钱一刻是何时?"李说:"开一间临街小店,忙碌终日,日落打烊时,紧闭店门,在昏暗灯下与老伴一张一张数钞票。"

李嘉诚的答案令记者措手不及。但这真是妙答啊,一点都不做作,谁都会对这样的快乐会心一笑。

快乐的标准是一根可以无限拉伸的橡皮筋,你的欲望越大,它拉得就越长,快乐的标准也就越高。默多克、李嘉诚是智慧的,把快乐的标准降下来,降到人人都拥有的境地,那就快乐了。

马来西亚还有位华籍企业家谢英福,当时马来西亚有一家国营钢铁厂经营不景气,亏损高达1.5亿元。首相马哈迪找到他,请他担任公司总裁,他不假思索地答应了。在别人看来,这是一个错误的决定,因为钢铁厂债重难还,生产设备落后,员工凝聚力涣散,这是一个巨大的洞,根本无法填平的洞。

但谢英福却坦然对媒体说:"当年我来到马来西亚时,口袋里只有5元钱,这个国家令我成功,现在我要报效这个国家,如果我失败了,那就等于损失了5元钱。"

年近六旬的谢英福从别墅里搬出来,住进了那家破败的钢铁厂,三年后,工厂起死回生,开始大量创造财富。

5元钱每个人都拥有,但当你拥有1万元、100万元、1000万元的时候,还会以5元的标准来衡量自己的快乐吗?

快乐像跳高,跳杆越低,我们就会越轻松,越无所畏惧。

情绪悟语

很多人把快乐的标准定得如同天空中的风筝那么高,而自己永远也追不到,于是,总感觉生活中充满缺憾和失望。而真正聪明的人,则很容易满足,也许只得到一个肯定、一个拥抱,甚至仅仅一个微笑,就会觉得幸福。这么一来,快乐就会每天伴随在我们左右。

◆陈军

什么都快乐　◎三毛

> 每日借邻居白狗一同散步,散完将狗送回,不必喂食,不亦乐乎!

清晨起床,喝冷茶一杯,慢打太极拳数分钟,打到一半,忘记如何续下去,从头再打,依然打不下去,干脆停止,深呼吸数十下,然后对自己说"打好了"!再喝茶一杯,晨课结束,不亦乐乎!

静室写毛笔字,磨墨太专心,墨成一缸,而字未写一个,已腰酸背痛。凝视字帖十分钟,对自己说:"已经写过了!"绕室散步数圈,擦笔收纸,不亦乐乎!

枯坐会议室中,满堂学者高人,神情俨然。偷看手表指针几乎凝固不动,耳旁演讲欲听无心,度日如年。突见案上会议程式数张,悄悄移来摺纸船,船好,轻放桌上推来推去玩耍,再看腕表,分针又移两格,不亦乐乎!

山居数日,不读报,不听收音机,不拆信,不收信,下山一看,世界没有什么变化,依然如我,不亦乐乎!

数日前与朋友约定会面,数日后完全忘却,惊觉时日已过,急打电话道歉,发觉对方亦已忘怀,两不相欠,亦不再约,不亦乐乎!

雨夜开车,见公路上一男子淋雨狂奔,煞车请问路人:"上不上来,可以送你?"那人见状狂奔更急,如夜行遇鬼。车远再回头,雨地里那人依旧神情惶然,见车停,那人步子又停并做戒备状,不亦乐乎!

四日不见父母手足，回家小聚，时光飞逝，再上山来，惊见孤灯独对，一室寂然，山风摇窗，野狗哭夜，而又不肯再下山去，不亦乐乎！

逛街一整日，购衣不到半件，空手而回。回家看见旧衣，备觉件件得来不易，而小偷竟连一件也未偷去，心中欢喜，不亦乐乎！

匆忙出门，用力绑鞋带，鞋带断了，丢在墙角。回家来，发觉鞋带可以系辫子，于是再将另一只拉断，得新头绳一副，不亦乐乎！

厌友打电话来，喋喋不休，突闻一声铃响，知道此友居然打公用电话，断话之前，对方急说："我再打来，你接！"电话断，赶紧将话筒搁在桌上，离开很久，不再理会。二十分钟后，放回电话，凝视数秒，厌友已走，不再打来，不亦乐乎！

上课两小时，学生不提问题，一请二请三请，满室肃然。偷看腕表，只一分钟便将下课，于是笑对学生说："在大学里，学生对于枯燥的课，常常会逃。现在反过来了，老师对于不发问的学生，也想逃逃课，现在老师逃了，再见！"收拾书籍，大步迈出教室，正好下课铃响，不亦乐乎！

黄昏散步山区，见老式红砖房一幢孤立林间，再闻摩托车声自背后羊肠小径而来。主人下车，见陌生人凝视炊烟，不知如何以对，便说："来呷蓬！"客笑摇头，主人再说："免客气，来坐，来呷蓬！"陌生客居然一点头，说："好，麻烦你！"举步做入室状。主人大惊，客始微笑而去，不亦乐乎！

每日借邻居白狗一同散步，散完将狗送回，不必喂食，不亦乐乎！

交稿死期已过，深夜犹看《红楼梦》。想到"今日事今日毕"格言，看看案头闹钟已指清晨三时半，发觉原来今日刚刚开始，交稿事来日方长，心头舒坦，不亦乐乎！

晨起闻钟声，见校方同学行色匆匆赶赴教室，惊觉自己已不再是学生，安然浇花弄草梳头打扫，不亦乐乎！

每周山居日子断食数日,神智清明。下山回家母亲看不出来,不亦乐乎!

求婚者越洋电话深夜打到父母家,恰好接听,答以:"谢谢,不,不能嫁,不要等!"挂完电话蒙头再睡,电话又来,又答,答完心中快乐,静等第三回,再答。又等数小时。而电话不再来,不亦乐乎!

有录音带而无录音机,静观音带小匣子,音乐由脑中自然流出来,不必机器,不亦乐乎!

回家翻储藏室,见童年时玻璃动物玩具满满一群安然无恙,审视自己已过中年,而手脚俱全,不亦乐乎!

归国定居,得宿舍一间,不置冰箱,不备电视,不装音响,不申请电话。早晨起床,打开水龙头,发觉清水涌流,深夜回室,又见灯火满室,欣喜感激,但觉富甲天下,日日如此,不亦乐乎!

情绪怡语

总是有人在寻找快乐,但是又总是找不到快乐。其实,快乐就在我们日复一日的寻常生活中,只是我们从来就没有在意蕴含在那平凡生活中的点滴之美。不信的话,现在起,就在身边仔细找找吧。

◎陈军

快乐是由什么决定的　>尹玉生

我曾经被人家敲过脑袋、骂过脏话、摔过房门,但说到拒绝,我却从来没有遇到过啊。

　　甲应该是世界上最快乐的人,因为他有一个令所有男人都羡慕眼红的温柔、善良、娇艳的未婚妻;乙也应该是世界上最快乐的人,因为他是天下武功第一人,纵横驰骋,号令群雄,是个真英雄。但甲并不快乐,因为,他梦寐以求的是做天下武功第一人,睥睨世间豪杰;乙也不快乐,因为,他不可救药地爱上了甲的未婚妻,为了她,可以舍弃一切。

　　于是,甲渐渐地忽略了身边娇柔的未婚妻,全身心地钻研他的武功;乙渐渐地忽略了他的武功修为,整日缠绵于对意中人的刻意追求中。

　　后来,甲成为武林至尊,代价是失去了倾国倾城的未婚妻;乙也以他的至诚,最终赢得美人心,代价是失去了武林盟主的尊崇。

　　此时,甲和乙都认为自己是普天之下最快乐的人。

　　……

　　A是一个新出道的推销员,非常不幸,他碰了太多次的钉子,沮丧气馁到了极点。

　　B是一个老资格的推销员,非常幸运,他成功了一次又一次,业绩显著,无人能比,开心快乐到了极点。

新推销员向老推销员请教："为什么每一次我好不容易敲开客户的房门,都会遭到他们无情的拒绝?"

"我也搞不懂怎么会这样,"老推销员诚挚地回答道,"我曾经被人家敲过脑袋、骂过脏话、摔过房门,但说到拒绝,我却从来没有遇到过啊。"

他们遭遇的情况其实是完全一样的,但一个伤心至极,一个开心至极。其实,在很多情况下,面临什么样的事情并不重要,重要的是我们如何去感受所面临的事情。

而快乐与否,恰恰是由你的感受所决定的。

情绪悟语

我们可能已经拥有了很多,却觉得并不快乐,而其实,我们也是被人美慕着的。很多时候,我们不快乐并不是我们拥有的太少,而是因为我们没有用心去感受自己的快乐。想想吧,有多少家庭穷困的小朋友渴望我们的学堂,又有多少缺少温暖的人美慕我们拥有的阳光,与他们相比,我们还有那么多不快乐的理由吗?

○张洋

这世界上有什么最宝贵的
珍藏，那就是——每个人都有
一颗快乐的心。

第 **8** 辑

先有自信才有奇迹

　　假使我们去研究、分析一些有成就的人的奋斗史，我们可以看到，他们在起步时，一定是先有一个充分信任自己能力的坚强自信心。他们的心情意志坚定到任何困难艰险都不足以使他们怀疑、恐惧的程度。这样，他们就能所向无敌了。

　　奇迹诞生于自信。

做一只自信的小老鼠

○郭俊明

> 自信有时候就像人生的一面旗帜,只有拥有自信,你的才能才会得到施展,你的生命才会更加绚烂。

一只小老鼠对着天上的太阳说,太阳你真伟大,你给所有人带来光芒。太阳说我不如乌云。一会儿,果然一片乌云飘过来遮住了太阳。小老鼠赞叹道:乌云真有力量。乌云说:不,是风有力量。真的,一阵风吹过,乌云就被吹到了天边。小老鼠又去赞美风,风却说墙比我厉害。说着说着,奔跑着的风真的被墙挡住了。小老鼠敬佩地向墙看过去,墙却说别看我,你就比我厉害得多。果然,墙在大风之后摇摇晃晃地倒了,下面露出了许多鼠洞,又过了一会儿,从洞里钻出了几只小老鼠。

这是我听到的一个小故事,我觉得应该讲给我的女儿听,因为她总是认为自己不如别的小朋友,不如肖莫的学习好,不如李成泽的画漂亮,不如刘永锴跑得快,不如张欣宜歌唱得好听,所以凡是班里出节目、选优秀学生的事,她都觉得跟自己无关。可是在我眼里,女儿又是那么好,聪明、漂亮、爱学习、懂礼貌,只是没有自信。我得告诉她,在她爸爸眼里女儿是那么优秀,告诉她,只要活得努力,活得自信,每天对她来讲都会是新的。

据说有个特别的统计,大凡没钱或者不想购物的人在橱窗前驻足,只要感觉身边来了其他的人,就会下意识地闪到一边。其实,我们身边又何尝不是如此,每当机会来了,许多人都会在心底对自己说：太好了,可惜不是我的。别人在向目标冲刺,他却犹犹豫豫地失去了制胜的先机。有三个同一大学毕业的学生一起去应聘,公司只留下了其中的一个。过了很久,这位成功的应聘者向当初招聘他的人讨教当初为什么只选择他,那人笑了笑,因为只有你的手没有抖,只有你有足够的自信。

其实,自信有时候就像人生的一面旗帜,只有拥有自信,你的才能才会得到施展,你的生命才会更加绚烂。

曾经有一位歌者遭遇了爱情和事业的低谷,对生活失去了信心,甚至还一度有极端的想法,可是,她最终还是走出了低谷。回忆起那段不开心的日子,她说,是一个瓶子帮了自己,每天,她都往瓶子里投入一个她活下去的理由,青春、漂亮、善良、有爱心、有许多爱自己的人……终于有一天早上,她打开瓶子,把所有写满理由的纸片都倒了出来,啊！原来自己是这样的美好,她终于找回了自信。这个人的名字叫蔡琴。

人生这本大书,很多时候我们都不可能事必躬亲,与其临渊羡鱼,不如退而结网——在浏览正文之前,我们不妨先看一看目录,选你该选的,要你想要的,这就够了。前提是你要记住,这世上没有完全相同的两片树叶,更没有第二个自己——相信你自己就是独一无二的,做你自己就够了。

相信自己,像那只开始变得自信的小老鼠一样,只要活得自信、活得努力,我们都可以推倒那段阻挡自己的围墙,创建自己的一片新天地。

也许我们不是最漂亮的,也许我们不是最聪明的,也许我们不是最幸运的,也许……但是有几个人能够把所有的美好都放在自己身上呢?其实我们也有自己的长处,比如我们有一颗善良的心,比如我们有一双灵巧的手,等等。相信自己是独一无二的,做好自己就足够了。

● 曾芸芸

忘掉你的龅牙　　◎ 流 沙

> 评委很认真地告诉她:"你肯定会成功,但必须忘掉你的牙齿。"

有位女孩有一副美丽动听的歌喉,但却长着一口龅牙。有一次,她去参加歌唱比赛。上了台,她只顾掩饰难看的牙齿,让观众和评委感到好笑。她失败了。有位评委却认为她的音乐潜质极佳,便到后台找到她,很认真地告诉她:"你肯定会成功,但必须忘掉你的牙齿。"

在"伯乐"的帮助下,女孩慢慢走出了龅牙的阴影。后来,她在一次全国性大赛中,以极富个性化的表演和歌唱倾倒了观众和评委,脱颖而出。

她就是卡丝·黛莉,美国一位著名的歌唱家。她的龅牙同她的名字一样有名,歌迷们还称她的牙很漂亮。

有这样一个问题:假如给你一枚硬币,你如何用它遮住世界?

答案很简单,把硬币放在眼前。很多时候,我们不正是被一枚硬币遮住了整个视线吗?

情绪悟语

当放声歌唱的时候,不要去想别人怎么看我们,也不要去想结果,那样我们才能够在舞台上秀出自己最精彩的一面。很多时候的忧伤都是因为我们"一叶障目"带来的,叶子挡住了我们远眺的视线,只能够看到眼前的瑕疵。让我们把眼前这片叶子拿掉吧,忘掉自己的"龅牙"。

○李俊

缺陷的优势 ▶包利民

孩子,上天给了你两条不一样长的腿,就是让你比别人走得更高啊!

有一个孩子生下来就有残疾,一条腿长一条腿短。从小他就看惯了太多人的白眼,听惯了太多人的嘲笑,于是他变得沉默而敏感,用自卑把自己封闭了起来。

每次上体育课都是他最难熬的时间,行走在队列之中,他是那样显眼。而且,许多活动他都无法参加,只能坐在一边眼巴巴地看着别人玩儿。还有就是每天上午第二节课后的课间操,更令他难堪,在大操场上,全校的学生都在,他摇摇晃晃做操,周围总会有人小声地笑。

于是他每天就更沉默,拼命地学习,什么活动也不参加。初二的一天,班里组织去爬山,老师说每个人都要去,谁也不能请假。这让他慌乱不已,因为自己的腿,他从没爬过山。他无法想象在爬山的时候,别人会怎样地嘲笑他。可他必须去。下了车,到了山脚下,那山不是很高,却很陡,而且没有现成的路,只能一步步地向上硬爬!

老师一声令下,同学们向山上冲去,他也向前猛冲,一开始还跌跌跄跄,可一上了山坡,这种感觉立刻没有了。原来在爬山的时候,别人是看不到他的缺陷的。而且,由于一条腿长一条腿短,他迈步攀登在高低不平的山坡上竟比别人省力得多!这一发现让他惊喜不已,很快,他已超过所有的人而遥遥领先。回头看时,身后的老师同学都对他报以热烈的掌声。

那天回到家,他忽然问:"妈妈,为什么我在平地上走路摇摇晃晃的,而爬山的时候却又稳又快呢?"妈妈说:"孩子,上天给了你两条不一样长的腿,就是让你比别人走得更高啊!"他一下愣住了。

情绪悟语

　　双腿一长一短,"缺陷"带给他的自卑是如此深刻,而老师和同学的鼓励、母亲的亲切解释真是令人兴奋,通过爬山的经历后,他终于敞开了封闭的心灵。其实,缺陷在某些时候是阻碍,某些时候是优势,为什么不快乐一些,正视并不总是糟糕的"缺陷"呢?

王朝晖

我就是一块银矿石　◯子　平

乐观地去面对一切,做好自己就行,"伯乐"总会在不经意间出现的。

出道以前,吕燕还只是江西德安一座银石矿上一名普通矿工的女儿。从小个子就特别高(身高 178 厘米)的她由于太过鹤立鸡群,老是刻意弯着腰,日子久了就有点儿驼背。尽管一直爱和男孩子一起玩,但到了 18 岁,女孩子爱美的天性还是占了上风,为了矫正体形,离开家乡到南昌读书的她报名参加了一个模特培训班。"当时我真没想过以后自己要当模特,因为我以前的生活里根本就没有这档子事。"

1999 年,由于培训班要选 5 个学生到北京参加一个模特选拔赛,纯粹为了凑数,个子高挑的吕燕去了北京,从此正式入行。一个偶然的机会,她在酒店大堂邂逅了两名来自法国的经纪人,又被带到了法国。4 个多月后,仍然什么都"没想到"的她从世界超级模特大赛中脱颖而出,一举夺得亚军。在那天的节目录制现场,生性诙谐的主持人马东拿出一块石头让吕燕"鉴定一下是不是银矿石",吕燕大笑着接过来瞧了瞧,肯定地说:"这就是(银矿石)。"马东得意地说:"你上当了!这就是咱们做节目前我顺手从马路边捡来的一块普通石头。不过,你成名之后,有不少人认为你就像这块石头一样被人随手捡了起来,只是你运气特别好,而那些大师都非说你是银矿石……"吕燕闻言，淡淡地笑了笑。

刚刚到北京时，吕燕是典型的"北漂族"：兜里只有几百块钱，跟一个朋友一起住在一间简陋得不用交房租的地下室里，每餐到食堂买一个馒头充饥，出去面试就坐5毛钱的公交车或是"11路车（两条腿开动自己走）"……去巴黎时就更不用说了，"语言不通，完全是一个聋子加哑巴，没有人可以交谈，特别寂寞"，住在一间仅9平方米的斗室里，吕燕在异乡的第一个月，食谱上只有一样东西——鸡蛋，据说，她当时一共吃了100多只鸡蛋，因为不认识其他食品包装上的说明，自己也不会表达要买什么。

在2000年世界超级模特大赛上夺得亚军的吕燕，似乎总给人一种"一夜成名"的感觉。尤其是她的容貌（小眼睛、塌鼻梁、扁平脸、厚嘴唇，外加不少雀斑）与国人心目中的美女标准相去甚远，一时间"这么丑的女孩也能当世界名模"的疑问声四起。

与之形成鲜明对照的是，国内著名造型设计师李东田第一次见到吕燕时，却激动得跑过去紧紧抓住她的手，嘴里直嚷嚷："你长得特别漂亮特别好看，我一定要把你推出来！"回忆起这一幕时，吕燕忍俊不禁："他大概是第一个说我漂亮的中国人。"国际时装界的评价证实了李东田的眼光，到世界时装之都巴黎发展后，长着一张汇聚东方元素面孔的吕燕大受欢迎，国人眼中的"丑女"让众多国际顶尖设计师频频惊艳不已。游走在"绝色"与"奇丑"这两种极端对立的评价之间，吕燕似乎从来都不曾为之困扰："我从没觉得自己漂亮，但也从不觉得自己丑，再说，你要是觉得我好看，那就多看几眼，觉得不好看那就别看呗，有什么关系呢？"

许多人觉得她一夜成名，事实却并非如此。2000年超模大赛期间，不少国际著名时尚杂志的摄影师提出希望给参赛选手们多拍一些照片，当时是在北京天坛出外景，11月了，凌晨4点多钟要穿着单薄的夏装出镜,许多人都拒绝了,只有她去了。这种勤奋的工作态度为吕燕在业内赢得了良好的口碑、广泛的尊重以及更多更好的机会。

经过4年的努力,吕燕已经攻克了语言关这个最大的障碍。"我不怕,敢开口,即使开始说得不好也不放弃,因为我最大的特点就是'不要脸'!"她笑眯眯地说。

这种乐观性格的女孩子似乎命中注定要成功。

情绪悟语

有人认为我们不好吗?没关系。那是他们个人的看法罢了,一定还是有很多人会肯定我们的,只是我们需要遇到"伯乐"而已。所以,没有必要去悲伤。乐观地去面对一切,做好自己就行,"伯乐"总会在不经意间出现的。

◇曾芸芸

罗纳尔多的龅牙 ◎阿 翔

我们是不是也有刻意隐瞒,不敢示人的"龅牙"呢?

被称为外星人的罗纳尔多也许是世界上令后卫最头痛的前锋。足球场上,他精准的射门,惊人的启动速度,以及那种无时无刻不在的霸气,足以让每一个后卫恐惧。

可又有谁知道,开始学踢球时,尽管他有非凡的踢球天赋,但他的表现却让人担忧。因为只要一上场比赛,他就紧闭着嘴唇,他宁愿把奔跑的速度放慢,也不愿意把嘴巴张开自由地呼吸,让人看到他那口龅牙。直到后来,有位细心的教练发现了这个问题,他拍了拍罗纳尔多的肩膀说:"罗尼,你的龅牙不是你的错,在场上你应该忘记你的龅牙。你只有在球场上取得成功,才能让别人眼中只有你精湛的球技而忘记你相貌上的缺点。不然,你的缺点永远在别人的眼中。"

从此以后,罗纳尔多在踢球时不再刻意隐瞒自己的龅牙,他张开嘴巴自由呼吸。奇迹出现了,罗纳尔多的球技突飞猛进,并在18岁时就进了巴西国家队,夺得了世界杯,不到20岁就获得了世界足球先生的称号。

罗纳尔多功成名就后,再也没有人提起他的龅牙很难看,反倒有很多人认为罗纳尔多的龅牙很性感。

我们是不是也有刻意隐瞒,不敢示人的"龅牙"呢?

其实在许多时候,正是一些自以为"羞于见人"的缺陷,成了束缚我们成功的瓶颈,我们只有对自己的"龅牙"表示不在意,才有可能成为另一个足球场上的罗纳尔多。

情绪悟语

　　每个人都有自己的缺陷。如果耗费精力去掩盖自己的缺陷,有时候还会让缺陷无限放大。我们要努力发挥自己的优点,让它们发挥出应有的作用,让自己变得优秀起来。而那时候,我们的缺陷在别人眼里也许就是"断臂维纳斯"的那种"缺陷美"了。

张洋

我很重要　◎毕淑敏

> 我们的地位可能很卑微,我们的身份可能很渺小,但这丝毫不意味着我们不重要。

我们——简明扼要地说,就是每一个单独的"我"——到底重要还是不重要?

对于我们的父母,我们永远是不可重复的孤本。无论他们有多少儿女,我们都是独特的一个。假如我不存在了,他们就空留一份慈爱,在风中蛛丝般飘荡。假如我生了病,他们的心就会皱缩成石块,无数次向上苍祈祷我的康复,甚至愿灾痛以十倍的烈度降临于他们自身,以换取我的平安。我的每一滴成功,都如同经过放大镜,进入他们的瞳孔,摄入他们心底。

假如我们先他们而去,他们的白发会从日出垂到日暮,他们的泪水会使太平洋为之涨潮。面对这无法承载的亲情,我们还敢说我不重要吗?

我们的记忆,同自己的伴侣紧密地缠绕在一处,像两种混淆于一碟的颜色,已无法分开。你原先是黄,我原先是蓝,我们共同的颜色是绿,绿得生机勃勃,绿得苍翠欲滴。失去了妻子的男人,胸口就缺少了生死攸关的肋骨,心房裸露着,随着每一阵轻风滴血。失去了丈夫的女人,就是齐斩斩折断的琴弦,每一根都在雨夜长久地自鸣……面对相濡以沫的同道,我们忍心说我不重要吗?

俯对我们的孩童,我们是至高至尊的唯一。我们是他们最初的宇宙,我们是深不可测的海洋。假如我们隐去,孩子就永失淳厚无双的血缘之爱,天倾东南,地陷西北,万劫不复。盘子破裂可以粘起,童年碎了,永不复原。伤口流血了,没有母亲的手为他包扎。面临抉择,没有父亲的智慧为他谋略……面对后代,我们有胆量说我不重要吗?

与朋友相处,多年的相知,使我们仅凭一个微蹙的眉尖、一次睫毛的抖动,就可以明了对方的心情。假如我不在了,就像计算机丢失了一份不曾复制的文件,在他的记忆库里留下不可填补的黑洞。夜深人静时,手指在揿了几个电话键码后,骤然停住,那一串数字再也用不着默诵了。逢年过节时,她写下一沓沓的贺卡。轮到我的地址时,她闭上眼睛……许久之后,她将一张没有地址只有姓名的贺卡填好,在无人的风口将它焚化。

相交多年的密友,就如同沙漠中的古陶,摔碎一件就少一件,再也找不到一模一样的成品。面对这般友情,我们还好意思说我不重要吗?

我很重要。

我对于我的工作我的事业,是不可或缺的主宰。我的独出心裁的创意,像鸽群一般在天空翱翔,只有我才捉得住它们的羽毛。我的设想像珍珠一般散落在海滩上,等待着我把它用金线串起。我的意志向前延伸,直到地平线消失的远方……没有人能替代我,就像我不能替代别人。我很重要。

我对自己小声说。我还不习惯嘹亮地宣布这一主张,我们在不重要中生活得太久了。我很重要。

我重复了一遍。声音放大了一点。我听到自己的心脏在这种呼唤中猛烈地跳动。我很重要。

我终于大声地对世界这样宣布。片刻之后,我听到山岳和江海传来回声。

是的,我很重要。我们每一个人都应该有勇气这样说。我们的地位可能很卑微,我们的身份可能很渺小,但这丝毫不意味着我们不重要。

重要并不是伟大的同义词,它是心灵对生命的允诺。

让我们昂起头,对着我们这颗美丽的星球上无数的生灵,响亮地宣布——

我很重要。

我们每一个人都很重要,因为我们是独一无二的。对于其他人来说,我们也许是亲人,是朋友,是同窗……如果失去了我们,对他们都是一种损失;因为我们的存在,他们的世界才会变得更加精彩。我,在很多人眼里都很重要,所以我们没有理由不珍视自己。

曾芸芸

最优秀的人是你自己 ▶纪广洋

每个人都是最优秀的,差别就在于如何认识自己、如何发掘和重用自己。

据说,苏格拉底在风烛残年之际,知道自己时日不多了,就想考验和点化一下他的那位平时看来很不错的助手。他把助手叫到床前说："我的蜡所剩不多了,得找另一根蜡接着点下去,你明白我的意思吗?"

"明白。"那位助手赶忙说,"您的思想光辉是得很好地传承下去……"

"可是,"苏格拉底慢悠悠地说,"我需要一位最优秀的传承者,他不但要有相当的智慧,还必须有充分的信心和非凡的勇气……这样的人选直到目前我还未见到,你帮我寻找和发掘一位好吗?"

"好的、好的。"助手很温顺很尊敬地说,"我一定竭尽全力地去寻找,以不辜负您的栽培和信任。"

苏格拉底笑了笑,没再说什么。

那位忠诚而勤奋的助手,不辞辛劳地通过各种渠道开始四处寻找了。可他领来一位又一位,都被苏格拉底一一婉言谢绝了。当那位助手再次无功而返地回到苏格拉底病床前时,病入膏肓的苏格拉底硬撑着坐起来,抚着那位助手的肩膀说:"真是辛苦你了,不过,你找来的那些人,其实还不如你……"

"我一定加倍努力,"助手言辞恳切地说,"找遍城乡各地、找遍五湖四海,我也要把最优秀的人选挖掘出来,举荐给您。"

苏格拉底笑笑,不再说话。

半年之后,苏格拉底眼看就要告别人世,最优秀的人选还是没有眉目。助手非常惭愧,泪流满面地坐在病床边,语气沉重地说:"我真对不起您,令您失望了!"

"失望的是我,对不起的却是你自己。"苏格拉底说到这里,很失意地闭上眼睛,停顿了许久才又不无哀怨地说,"本来,最优秀的就是你自己,只是你不敢相信自己,才把自己给忽略、给耽误、给丢失了……其实,每个人都是最优秀的,差别就在于如何认识自己、如何发掘和重用自己……"话没说完,一代哲人就永远离开了他曾经深切关注着的这个世界。

那位助手非常后悔，甚至后悔、自责了整个后半生。

为了不重蹈那位助手的覆辙，每个向往成功、不甘沉沦的人，都应该牢记先哲的这句至理名言："最优秀的就是你自己！"

情绪悟语

我们经常会美慕那些优秀的人，仿佛他们是那么的高不可攀，以至于常常会忽略了自己，会忘记自己也可以变得像他们一样优秀。现在起把目光放在自己的身上，努力挖掘自身的才华，我们也会站在被人赞美的位置上。请相信，最优秀的人就是自己。

◇曾芸芸

自信的人更容易成功　◇刘　萍

接纳自己，欣赏自己，将所有的自卑全都抛到九霄云外，这就是亨利成功最重要的前提！

美国有位心理学家曾经做过这样一个试验，他将他的学生分成了三组，对第一组表示信任并给予赞美与鼓励；对第二组采取不管不问放任自流的态度；对第三组则不断给予批评。结果表明，被经常鼓励的第一组进步最快，总是挨批的第三组进步缓慢，而被漠视的第二组则在原地踏步。

另一位心理学家为了教会他的学生重视他人，信任他人，经常要求学生们站起来在课堂上当着大家的面表扬某一个同学。这种练习不仅让全班学生感到愉快,而且让他们的人格健康成长,最重要的是让学生们拥有了自信。

曾经听说过这样一个真实的故事:

多年前的一个傍晚,一位叫亨利的青年移民,站在河边发呆。这天是他30岁生日。可他不知道自己是否还有活下去的必要。因为亨利从小在福利院里长大,身材矮小,长相也不漂亮,讲话又带着浓厚的法国乡下口音,所以他一直很瞧不起自己,认为自己是一个既丑又笨的乡巴佬,连最普通的工作都不敢去应聘,没有工作,也没有家。

就在亨利徘徊于生死之间时,与他一起在福利院长大的好朋友约翰兴冲冲地跑过来对他说:"亨利,告诉你一个好消息!"

"好消息从来就不属于我。"亨利一脸悲戚。

"不,我刚刚从收音机里听到一则消息:拿破仑曾经丢失了一个孙子。播音员描述的相貌特征,与你丝毫不差!"

"真的吗,我竟然是拿破仑的孙子?"亨利一下子精神大振。联想到爷爷曾经以矮小的身材指挥着千军万马,用带着泥土芳香的法语发出威严的命令,他顿时感觉自己矮小的身材同样充满力量,讲话时的乡下口音也带着几分高贵和威严。

第二天一大早,亨利便满怀自信地到一家大公司应聘。20年后,已成为这家大公司总裁的亨利,查证自己并非拿破仑的孙子,但这早已不重要了。

显然,接纳自己,欣赏自己,将所有的自卑全都抛到九霄云外,这就是亨利成功最重要的前提!

自信其实就是自己信得过自己,自己看得起自己。别人看得起自己,不如自己看得起自己。美国作家爱默生说:"自信是成功的第一秘诀。""自信是英雄主义的本质。"人们常常把自信比作发挥主观能动性的闸门、启动聪明才智的马达,这是很有道理的。确立自信心,就要学会正确地评价自己,发现自己的长处,肯定自己的能力。人们常说人贵有自知之明,这个"明",既表现为人能如实地看到自己的短处,也表现为人能准确地分析自己的长处。如果只看到自己的短处,似乎是谦虚,实际上是自卑心理在作怪。"尺有所短,寸有所长。"每个人都有自己的优势和长处。如果我们能客观地评估自己,在认识缺点和短处的基础上,找出自己的优点和长处,就能激发自信心。要学会欣赏自己,表扬自己,把自己的优点、长处、成绩、满意的事情,统统找出来,在心中"炫耀"一番,反复刺激和暗示自己"我可以""我能行""我很棒",就能逐步摆脱"事事不如人,处处难为己"阴影的困扰,就会感到生命有活力,生活有盼头,就会觉得太阳每天都是新的,从而保持奋发向上的劲头。"天生我才必有用",自己给自己鼓掌,自己给自己加油,自己给自己戴朵花,自己给自己发锦旗,便能撞击出生命的火花,培养出像阿基米得"给我一个支点,我将撬起地球"的那种豪迈的自信来!

自信是成功的基石,"坚定不移的信心能够移山",这就是成功的经验。自信是一种自我激励的精神力量,它能够激发潜意识释放出无穷的热情、精力和智慧,进而帮助人获得成功,所以,有人把"信心"比喻为一个人心理建筑的工程师。

因此,如果你想成功,就请充满自信地迎接每一天吧。

情绪悟语

一个拥有自信心的人才能够充分发挥出自己的能力,才能够不断向高峰发起挑战而不懈怠。自信,就是要相信自己,相信凭借自己的努力和自己的长处,可以让自己前进。真正获得成功的人往往就是自信的人,如果连自己都不相信自己能够成功,成功又怎么会青睐于我们呢?

曾芸芸

老狗斗老虎 ◎林 芝

> "这么大的口气,来头不小哇!"老虎想,"算了,我还是避一避的好。"

　　一条瞎眼老狗四处流浪。它走了很远的路,早已饥肠辘辘。这天,它来到一片陌生的荒原,突然,一股肉香飘来,它便循着香味跑了过去。

　　不远处,老虎捕获了一只鹿,正有滋有味地吃着鹿肉。显然,肉香就是从这儿散发出去的。

　　老虎正吃着,猛抬头,见一条老狗径直跑过来。老虎从未见过这条狗,不知道它有什么来头。

　　"你想干什么?"老虎问。

　　"那还用问? 吃肉!"

　　"你看看我是谁?"

　　提到"看"字,瞎眼老狗勃然大怒,吼道:"我不想看!在我眼里,你什么也不是!你根本就不存在!"

　　老虎听了这话,大吃一惊。"这么大的口气,来头不小哇!"老虎想,"算了,我还是避一避的好。"

　　老虎悻悻地走了,把香喷喷的鹿肉留给了这条瞎眼老狗。

　　如果缺乏自信,强者也会失败。

情绪悟语

不自信的人,内心是懦弱的,很容易被恐惧击倒。即便我们弱小,没有多大的力量,但这并不要紧,只要给予自己足够的信心,我们就会一天天变得强大起来。只有坚强的内心世界才能够真正地征服别人的内心,才能让我们真正地成为强者,而不仅仅是一只"纸老虎"而已。

拉自己一把 ❯李瑞芳

> 在人生的道路上,总有身处绝境、孤立无援的时候,永远记住,关键时刻要拉自己一把。

新年快到了,生活委员每天都会从收发室取回一沓厚厚的贺卡,他极爱开玩笑,经常喊同学的名字,晃着贺卡,用方言夸张地吆喝。能从他口中听到自己的名字,是很令人高兴的事,这意味着他捎来了远方的祝福。

他绝对不会喊我的名字,我来自遥远的农村。那里非常贫穷闭塞,村里的孩子还没有念过初中的。由于长期营养不良,我长得瘦弱,头发稀黄,衣服破旧,十分寒碜。我没有好朋友。

班里兴起给同学起绰号,大多是善意的玩笑。一个同学居然叫我"加西莫多"。全班同学都哈哈大笑。

听到这个绰号,我心一紧,一股悲凉浸透全身,我掉头离开教室,把笑声扔在身后,虽然那个同学向我道歉,但我心里清楚,在他们眼里,我就跟《巴黎圣母院》里的"加西莫多"一样丑陋。

一天,生活委员取回贺卡,照例站在讲台上念名字。突然,他停住了,一边睁大眼睛看着收信人,一边磕磕巴巴念出我的名字。全班同学都静了下来。我走到讲台上,接过贺卡,脸上充满兴奋和喜悦。不久,这张贺卡传遍全班,内容也成了大家谈论的焦点。贺卡的左半边写着——

加西莫多:

　　你并不丑陋,还很善良。美德比美丽更重要。你不是缺少朋友,是缺少交流;你不是缺少快乐,是太自我封闭。你参加过街头献血,义务清理过小广告,也到聋哑学校服务过。这些我都知道。我还在报上看过你写的散文。你很棒。祝你新年快乐!

　　　　　　　　　　　　　　　　艾丝梅拉达

同学问我,谁是那"美丽的吉卜赛女郎"。我说不知道。没有找出"艾丝梅拉达",但同学们一下子知道了我那么多的故事。一个曾被他们忽略的人,一个在他们眼中木讷呆板的人,好像马上变了。他们认识到我的优点,开始主动与我交往。我逐渐融入集体,后来,还担任了班委。

只有我知道,"艾丝梅拉达"就是我自己。当我感觉自己被所有人遗弃时,当我像一滴油无法融入温馨的集体时,当我被自卑感压得濒临崩溃时,我选择了走出来,把自己的另一面告诉同学,我赢得了友谊,也走出了灰暗的低谷。

在人生的道路上,总有身处绝境、孤立无援的时候,永远记住,关键时刻要拉自己一把。

曾芸芸

　　每个人都难免遭遇困难、挫折、孤独,甚至别人的嘲笑。当没有人伸出手来拉我们一把的时候,就拿出一面镜子,自己对着自己微笑吧。笑对生活,笑对一切,给自己加油助威,让自己充满信心,充满力量,去迎接那些困难的挑战。

先有自信才有奇迹　(美) 奥里森·马登

　　不热烈地坚强地希望成功、期待成功而能取得成功,天下绝无此理。成功的先决条件,就是自信。

　　据说拿破仑一上战场,士兵力量可增加一倍。军队的战斗力,多半寓于士兵对将帅的信仰之中。将帅显露出疑惧张皇,全军必然要陷于混乱、动摇;将帅的自信,可以加强他部下士兵的勇气。

　　人的各部分的精神能力,像军队一样,也应该信赖其主帅——意志。

　　有坚强的意志,有坚强的自信,往往使得平庸的男女也能够成就神奇的事业,成就那些虽天分高、能力强,但是多疑虑与胆小的人所不敢染指尝试的事业。

　　你的成就大小,往往不会超出你自信心的大小。拿破仑的军队决不会爬过阿尔卑斯山,假使拿破仑自己以为此事太难的话。同样,在你的一生中,决不能成就重大的事业,假使你对自己的能力存着重大怀疑的话。

不热烈地坚强地希望成功、期待成功而能取得成功,天下绝无此理。成功的先决条件,就是自信。

　　在这世界上,有许多人,他们以为别人所有的种种幸福是不属于他们的,以为他们是无法得到的,以为他们是不能与那些鸿运高照的人相提并论的。然而,他们不明白,这样的缺乏自信,是会大大削弱自己的生命力的。

　　"假使他想他能够,他就能够;假使他想他不能够,他就不能够。"当然,这一想的信心是要建立在客观规律的基础上,胡思乱想是不行的。

　　自信心是比金钱、势力、家世、亲友更有用的条件。它是人生可靠的资本,能使人努力克服困难,排除障碍,努力争取胜利。对于事业的成功,它比什么东西都更有效。

　　假使我们去研究、分析一些有成就的人的奋斗史,我们可以看到,他们在起步时,一定是先有一个充分信任自己能力的坚强自信心。他们的心情意志坚定到任何困难艰险都不足以使他们怀疑、恐惧的程度。这样,他们就能所向无敌了。

　　有人说过:"假使我们自比于泥块,那我们将真的成为被人践踏的泥块。"

　　我们应该觉悟到"天生我才必有用";觉悟到造物育我,必有伟大的目的或意志,寄于我的生命中;万一我不能充分表现我的生命于至善的境地、至高的程度,对于世界将会是一个损失——这种意识,一定可以使我们产生出伟大的力量和勇气来。

◆ 曾芸芸

没有自信的人注定难以飞得太高,因为他们被自己的自卑感给拖累了。自信心可以为我们铺一条通向远方的路,路的尽头就是我们的梦想。我们的自信心有多少,它就可以带我们在梦想的路上走多远。自信会时刻敲响我们心中的战鼓,激励着我们前进。

自信是一朵花　❯ 潘向黎

> 自信是一朵花,花要自己开,不能用激素,更不能把它的花苞瓣开来。

有人要我告诉年轻人如何才能自信,我一听,忙说:我可不知道如何教人家自信。因为我自己不自信的时候很多很多。关于自信,我能说的第一句话是:该不自信的时候,就不自信吧。当然许多时候是应该有自信的。求职者找工作的面试,如果没有起码的自信,一上来便张口结舌,结结巴巴,满头大汗,连人家给你倒杯水都要打翻,那当然是不行的。不过现在这样的年轻人好像很少。因为有太多太多的人,太多太多的传媒,在教他们穿什么,戴什么,一举一动,一颦一笑,基本礼仪,标准对答,等等。然而,那些教导,不过是一些技术性的东西,是在教人如何显得有自信。是显得有自信,不是自信。

我能说的第二句话是,不要表演自信,装出来的不是真自信。一个人要真正有自信,要么是上苍特别偏爱,口含金匙而生,伶俐聪明,外加貌美如花,那样的人可能不知道什么叫"不自信";要么,就要经过自己的积累修炼了。既然说修炼,就知道不是好玩的事情了。一是要心诚,二是需要时间。心浮气躁没有用,一朝一夕也没有用。慢慢学,慢慢领悟,时候一到,水到渠成,自然而然就有自信了。玉在山而草木润,心里有了美玉般的自信,外在自然就会反映出光辉来,那是真正的自信。所以,第三句话是,自信是急不出来的,一急就走向自信的反面。自信是一朵花,花要自己开,不能用激素,更不能把它的花苞掰开来。

情绪悟语

天生就自信的人其实很少,大多数都是通过后天努力得来的。只要努力去做一件事情,尽力把它做好,获得别人的认可和自己内心的积极肯定,自信就会一天天积累起来了。现在的我们就像一个腼腆的花骨朵,含苞待放,只有尽情地吸收阳光和养分,才能开出自信的花来。

曾芸芸